Manfred Brümmer

De Mallbüdel

De besten Witze ut

„De Plappermoehl"

von

NDR 1
Radio MV

TENNEMANN
media GmbH

Gartenweg 30 c, 19057 Schwerin
Tel. 0385-77501
http://www.tennemann-media.de
http://www.tennemann.com
Lizenziert durch Studio Hamburg Distribution & Marketing GmbH

1. Auflage 2009

Herstellung: TENNEMANN media GmbH
Illustrationen: Günter Endlich, Güstrow
Satz und Layout: Andrej Subarew Zavod 3, Wismar
Druck und Bindung: cw Obotritendruck GmbH, Schwerin
Printed in Germany
ISBN 978-3-941452-03-9

Vorwort Mallbüdel Zwei

Es gibt nur sieben verschiedene Witze auf der Welt, das haben Wissenschaftler herausgefunden. Und jeder dieser Witze hat unzählige Varianten. Die meisten davon wurden irgendwann schon mal up Platt aus dem Mallbüdel geholt in der Plappermoehl von NDR 1 Radio MV. Doch der Mallbüdel ist groß, da steckt noch viel mehr drin. Kennen Sie den? Oder den? Oder vielleicht den? Es gibt viel zu lesen und zu lachen für Sie im neuen Mallbüdel-Buch.

In der Plappermoehl von NDR 1 Radio MV wird gern erzählt und viel gelacht. Mit Humor und guter Laune moderieren Susanne Bliemel, Manfred Brümmer und Tom Roloff den plattdütschen Klönsnack am Moehlendisch. Und wenn unsere Plappermöller dann Witze aus dem Mallbüdel vertellen, ist das natürlich ein Höhepunkt. Doch auch viele unserer Gäste haben das Plappermoehl-Publikum schon zum Lachen gebracht.

So hat es immer wieder *Jux un Mallerie* gegeben, *Kinnerkram* oder *scharpe Saken*. Aber 20 Jahre nach Mauerfall und Grenzöffnung haben wir uns diesmal auch an Witze aus der DDR erinnert, als besonderen Beitrag zum Wende-Jubiläum. In der Plappermoehl aus Pritzier gab Jupp Künkler im Januar 2009 den ersten politischen Witz von früher zum Besten. Der Brennmeister von Schwechow erzählte up Platt von den sieben jungen Kätzchen. Seither haben die Plappermöller auch das reiche Humor-Erbe der DDR gepflegt und Witze erzählt, die es früher ganz sicher nicht gegeben hätte in der Plappermoehl. Freuen Sie sich daher auf die neue Mallbüdel-Rubrik: *Rotlicht un Ostwind.*

Zehn Kapitel für sieben Witze, wie soll das gehen? Das ist wohl ein Fall für die ernste Wissenschaft. Derweil freuen wir uns über lustige und überraschende Pointen, über (mehr als sieben) neue Witze aus dem Mallbüdel. Lachen Sie mit, unser Motto ist noch immer: „Ut´n verklamten Nors kümmt kein fröhlichen Furz".

Rainer Schobeß
Plattdeutsch-Redakteur bei NDR 1 Radio MV

Bäten Jux un Mallerie

Heiner geiht de Dörpstraat lang un süht, dat dor einer an' Diek up de Knei liggt un mit holle Hänn' in't Wader langt. Heiner bölkt: „He, Se dor! Se willen doch woll nich dat Wader ut denn' Diek dor drinken!? Dor kann' sick an vergiften!" De anner kiekt hoch un seggt: „I hab Sie net verstonden, wos hob'ns g'sogt?" - „Ach so", seggt dor Heiner un röppt: „Trinken Sie schön langsam, das Wasser ist kalt!"

*

De Musik fangt an tau spälen, as de Bundeskanzlerin in denn' Saal kümmt. De Polizeipräsident geiht furts up ehr tau un seggt: „Dörf ick bidden, Fru Bundeskanzlerin?" Angela Merkel kiekt em an un seggt: „Weiten Se, ick hew disse Polizeiwitze ümmer nich glöwt, äwer 'n bäten wat möt woll doch dorvon stimmen." - „So?", seggt de Polizeipräsident verbaast, „meinen Se?" - „Ja", nickt de Bundeskanzlerin, „Se sünd nämlich de Ierst, de mi bi de Nationalhymne tau'n Danzen upföddert hett."

*

Dat Telefon klingelt. „Hallo, is dor de Alkoholberatungsstell?" - „Ja, de is hier. Kann ick Se helpen?" - „Ja, dat koenen Se. Ick wüsst giern, woans man Erdbeerbowle makt."

De Gast hett all bestellt, äwer he winkt doch noch mal denn' Kellner ran. „Herr Ober, is de Hasenbraden ok frisch?" - „Ja", nickt de Ober, „dor koenen Se sick up verlaten, mien Herr. Dat Diert is grad äben dotmakt worden". - „Oh", seggt de Gast, „extra wiel ick dat bestellt hew?" De Ober schüttelt denn' Kopp. „Nee, wiel he denn' Kanarienvagel von' Koekenchef upfräten hett!"

*

„Du", seggt Heinz tau sienen Kumpel Paul, „ Max hett mi fragt, ob mi de Hürn up mienen Kopp nich stüürn. Kannst du mi dat mal verkloren? Ick hew doch gor kein Hürn." - „Mann", seggt Paul, „dat is doch so'n Snack. He hett meint, dat dien Fru di bedreigen deiht." „Gottsiedank!", seggt dor Heinz, „ick hew all dacht, ick harr nich nauch Kalzium!"

*

Kurt kiekt an' Stammdisch düster vör sick hen un seggt: „Du, ick glöw, ick hew Alzheimer." „Woans kümmst du denn up sowat?", fröggt Fiete. „Nu ja", seggt Kurt, „früher hett mien Fru ümmer tau mi seggt: ‚Du hest ümmer blot dat ein in' Kopp'." Fiete kiekt em an. „Un woso meinst du, dat du Alzheimer hest?" Kurt süfzt. „Ick weit nich miehr, wat dat wier!"

Ein Staubsauger-Verköper kümmt up einen Buurnhoff. Iehrer de Buursfru wat seggen kann, schürrt he 'n groten Hümpel Dreck up denn' Fautbodden. „So", seggt he, „ick verspräk Se, ick ward jeden Kräumel dorvon upäten, denn' disse Huulbessen nich weggsugen deiht!"
„Denn man gauden Appetit", seggt de Buursfru, „wi hebben hier nämlich keinen Strom."

*

„Du, Fritz", seggt Klaus, „dien Hahn, de döggt nix miehr." - „So?", seggt Fritz, „un woher wisst du dat weiten?" Klaus grient. „Ick hew em äben mit'n Trecker oewerführt."

*

Hermann vertellt Korl: „Du, mien Fru makt nu twei Diäten taugliek." - „Worüm denn dat?", fröggt Korl. „Nu ja", seggt Hermann, „von ein ward se nich satt."

*

Peter dröppt Uschi up de Straat. „Minsch, Uschi, ick hew hürt, du hest di verlawt?" De schüttelt denn' Kopp. „Nee, dor is nix ut worden." - „Un worüm nich?" Uschi süfzt. „Sien ganz Familie wier dorgägen, besünners sien Fru."

De Wachtmeister kiekt Meier streng an. „So, Herr Meier, ick hew Se dat Protokoll vörläst. Stimmt allens so?" Meier nickt. „Ja, Herr Wachtmeister." - „Denn ünnerschrieben Se!" Meier ward verlägen. „Dat geiht nich." De Wachtmeister kiekt noch strenger. „Un worüm nich?" - „Nu ja", druckst Meier, „ick bün Analphabet." Nu ward de Wachtmeister bös. „Seehr Religion intressiert mi nich. Ünnerschrieben Se!"

*

Denn' Richter ward dat bilütten tauväl. „Also, hebben Se denn' Kläger nu schlagen odder nich?" Jochen schüttelt denn' Kopp. „Oh wat, Herr Richter! Nee! Nich mal ankäken hew ick em, as wi uns begägent sünd!" De Richter blädert in sien Ünnerlagen. „Hier! He hett utseggt, Se harden fiefmal tauhaugt." - „Ha!", röppt Jochen, „dor koenen Se mal seihn, wo he lüggt! He hett all nah denn' iersten Schwinger flachlägen!

*

De Richter fröggt Fred: „Worüm hebben Se de Breiftasch, de Se funnen hebben, nich gliek awgäben?" - „Na ja", seggt Fred, „ick hew se ja an' Abend funnen, un dor wier dat Fundbüro all tau." - „Un an' annern Morgen?" Fred grient. „An' annern Morgen wier dor ja nix miehr in."

„Na, Manfred", fröggt Susanne, „woans wier dien Winterurlaub in Sankt Moritz?" - „Ach", seggt Manfred, „eigentlich siehr schön, blot bannig düür. Awseihn von de Fohrt un dat Hotel bün ick dor in de ein Woch teihndusend Euro losworden". „Oha", seggt Susanne, „ick wier dor ja ok all mal, äwer bi mi wier dat nich so düür." Manfred wunnert sick. „So? Woväl hest du denn dor utgäben?" Susanne grient. „Acht Euro föfftig." Manfred bliwt de Mund apen stahn. „Wat? Un woför?" - „För einen Cocktail an de Bar", lacht Susanne, „un denn hew ick so'n Trottel kennenliehrt as di."

*

Jürgen kiekt ganz bedrippst. „Du, ick glöw, mien Fründin magg mi nich miehr." - „Worüm denn nich?", fröggt Hein. „Na ja", seggt Jürgen, „se meint, dat ick tau niegelich bün." - „Na sowat", seggt Hein, „hett se di dat seggt?" Jürgen schüttelt denn' Kopp."Nee, dat hew ick in ehr Tagebauk läst."

*

„Du, Schatz?", röppt se von de Stuw nah de Koek hen, „kiekst du mal in' Backaben nah, ob de Pizza all gaud is?" He röppt trügg: „Ob de Pizza all gaud is, weit ick nich, äwer de Pappkarton brennt all!"

„Du, Paul", seggt Fiete, „gistern hew ick mi endlich 'n Wunsch erfüllt, denn' ick all lang'n harr. Ick wier nämlich noch nienich in so'n Autokino. Un dor bün ick nu endlich mal wäst."
„Aha", seggt Paul, „un woans wier't?" Fiete weigt mit'n Kopp. „Ach, eigentlich ganz schön, blot bannig düür. Ick müsst 300 Euro betahlen." Paul kiekt ganz verbaast. „Dreihunnert Euro? Dat kann doch gor nich sien!" - „Doch", nickt Fiete, „ick hew ja kein Auto, un dorüm wier ick mit'n Taxi dor."

*

De Hauptmann hett sien niege Kompanie anträden laten. „Dagg, miene Herren Rekruten! Se sünd nu bi de Bundeswehr un hebben noch väl tau liehren. Tauierst kamen Se nu mal drei Schritt nah vörn!" Allens pariert. De Hauptmann kiekt un röppt: „Wat is denn dat?! He! De Lütte dor mit de rode Mütz! Ok drei Schritt nah vörn!" Nix rögt sick. Denn seggt mit mal ein:
„Äwer Herr Hauptmann, dat is doch 'n Hydrant!" De Hauptmann bölkt los: „Mi is egal, wat de studiert hett! Befähl is Befähl!"

Manfred hett all 'n bannigen Knuppen in de Tung, as he nah denn' Kellner röppt. „Herr Ober, ick harr giern noch einen Whisky mit fief Ieswürfel!" De Ober makt 'n bedenklich Gesicht.
„Weiten Se, Herr Brümmer, ick glöw, dat ward so sachten woll'n bäten väl." Manfred denkt kort nah. „Na gaud, denn bringen Se mi nu blot noch Whisky mit vier Ieswürfel."

*

„Weitst du, Marko", seggt Beate, „wi gahn nu all twei Stunnen spazieren. Wisst du mi nich endlich mal küssen?" Marko is 'n bäten verlägen, äwer denn seggt he: "Na gaud, äwer du mötst mi dorbi an de Uhren faten." Beate kiekt em grot an. „Worüm denn dat?" - „Dat is so", seggt Marko, „mien vörrig Fründin hett mi dorbi de Breiftasch klaut."

*

„Ick hew gistern Seehrn Mann seihn", seggt Fru Möller tau ehr Nahwersch, „hebben Se mi nich vertellt, he wull 'n halw Johr verreisen?" De Nahwersch nickt. „Ja, äwer dat is nu doch in ne Geldstraf ümwandelt worden."

As de Paster mal wedder dörch dat Dörp geiht, löppt em de oll Meier oewer denn' Wegg. „Dagg, Herr Meier, ick hew Se ja lang nich seihn. Woans geiht' denn so?" - „Ach", seggt Meier, „ganz gaud, Herr Paster", un will wiedergahn. De Paster äwer will noch wat weiten:
„Wo olt sünd Se eigentlich, Herr Meier?" - „103, Herr Paster." - „Dunnerslagg", seggt dor de Paster, „un denn noch so krägel! Willen Se nich ok wedder mal in de Kirch kamen?" Oll Meier grient. "Nee, Herr Paster. Wenn mi de leiw Gott dor süht, denn markt he villicht, dat he mi vergäten hett."

*

„Du, segg mal, kannst du di ne Fru as Raumschiffkommandant vörstellen?"
„Worüm nich? Nauch Platz tau'n Inparken hett se ja dor baben!"

*

„Du", seggt Meiersch, „hest du all hürt? Susanne sall nu mit einen Veterinär tausamen sien?"
Möllersch wunnert sick. "Veterinär? Mit so 'n ollen Knacker?" Meiersch kiekt ehr verbaast an. „Woso ... oh Mann, büst du doemlich! 'n ollen Knacker, dat is 'n Veteran! 'n Veterinär is ein, de blot Gräuntüüg frätt!"

De Kommissar lött bi dat Verhür nich nah: „Gäben Se doch endlich tau, Herr Kruse, dat se in dat Koophus inbraken sünd!" Doch Kruse bliwt iesern. „Nee, Herr Kommissar, dat kann ick gor nich wäst sien!" - „Un worüm nich?", fröggt de Kommissar. „Ick hew'n Alibi", seggt Kruse, „ ick wier de letzten beiden Februardaag in Hamborg."
De Kommissar springt up. „Seihn Se, un dor hew ick Se all erwischt! De letzten beiden Februardaag giwwt dat nämlich gor nich!"

*

De Trainer röppt ein von sien Fauballspäler. „Kubalke!" De kümmt ok furts anrönnt. "Ja, Trainer?" - „Weitst du", seggt de Trainer, „dat giwt blot twei Dingen up de Welt, de verhinnern, dat du 'n groten Fautballer wardst." Kubalke strahlt. „Oh, välen Dank, Trainer. Un wecke beiden Dingen sünd dat?" De Trainer süfzt: „Dien rechtes Bein un dien linkes Bein."

*

„Mario!", röppt de Trainer oewer den' Platz, „du kümmst disse Wääk all dat föffte Mal tau laat tau'n Training. Weitst du, wat dat bedüden deiht?" - „Ja", röppt Mario trügg, „dat bedüdt, dat hüt Friedagg sien möt!"

Bernhard sitt in dat Stadion an dat Enn' von ein Reig, näben em is ein Platz frie. As ne Fru näben em stahnbliwt un mit de Ogen nah ehren Platz midden in de Reigen söcht, seggt he: „Se koenen sick giern up denn' Platz näben mi sitten, dor kümmt kein miehr." - „Danke", seggt se, „dor künn woll ein nich mit Se mitkamen tau dit Spill?" Bernhard nickt. „Ja, mien Fru. De is an' Mandagg storben." - „Oh", seggt se, „mien Beileid. Äwer denn harden Se de Kort doch einen von Seehr Verwandten odder Frünn' gäben koenen." - „Nee", seggt Bernhard, „dat güng nich. De sünd ja nu all bi de Beierdigung."

*

„Mann, oh Mann", seggt Achim, „de Autofohrer warden ok ümmer rücksichtsloser." Manfred schüttelt denn' Kopp. „Nee, du, dat kann ick eigentlich nich seggen. Dat giwt weck, de hollen furts an, wenn man mit' kaputt Auto an' Stratenrand steiht, de nähmen einen ok mit, laden einen denn tau'n Äten in, un man kann sogor bi ehr oewernachten." Achim liekt em verbaast an. „Wat? So'n netten Autofohrer hest du all mal drapen?" - „Nee", grient Manfred, „ick nich, äwer mien Fru!"

Tünnes hett in't Lotto gewunnen un hett sick ne grote Villa köfft. Scheel will em nu ok mal besäuken. He kümmt dor an, staunt oewer dat grot Hus un bimmelt an de Dör. Dor kümmt ein Deiner rut un seggt: „Herr Tünnemann liegt gerade auf der Terrasse." Scheel ritt verwunnert dat Muul up. „Mann, is de vörnähm worden! He heit mit mal Herr Tünnemann, un sien Fru Therese heit Terrasse!"

*

Twei Polizisten gahn up Streife. As se an ein Hus vörbikamen, seggt de ein: „Kiek mal, dor baben wahn ick." Se kieken beid hoch un seihn, dat dor ne smucke Fru up denn' Balkon kümmt. „Sühst du", seggt de ein wedder, „un dat dor is mien Fru." Mit mal sünd dor twei Hänn' tau seihn, de de Fru von achtern an de Bost faten. „Oh", seggt he dor, „kiek mal, un tau Hus bün ick ok all!"

*

De Stratenbahn is bannig vull, un Fritz hett dat grad noch schafft, rintaukamen. Kuum dat he binnen is, bölkt ein Kierl em an: „Mann, wat is dat för'n Drängelie hier! He, Se hebben up mienen Faut perrt! Koenen Se nich woanners henperren?" - „Dat woll", bölkt Fritz trügg, „äwer denn koenen Se nich miehr sitten!"

Ein Urlaubsgast steiht in de Stadt vör ein Stratenschild. As 'n Einheimischen vörbikümmt, höllt he em an: „Bee...tho... ven...allee .... dat's ja 'n narrschen Namen. Seggen Se mal, worüm heit disse Straat hier Bee..tho..venallee?" De anner kiekt em grot an: „Na, hüren Se mal! kennen Se denn nich denn' berühmten Komponisten Ludwig van Beethoven?" - „Ach so", seggt dor de Urlauber, „natürlich kenn ick denn' berühmten Beethoven! Ach, un de wahnt hier?"

*

As de Kraug wiet nah Middernacht taumakt, möten Klaus un Rolf ok gahn un stahn nu vör de Dör. „Weitst wat?", seggt Klaus, „wi drinken bi mi tau Hus noch 'n Bier, so as Awsacker." Rolf will ierst nich so recht. „Meinst du, dien Fru hett nix dorgägen?" - „Ach wat", seggt Klaus, „ de slöppt all lang. Los, kumm!" Beid trecken los. As se dor sünd un sick in de Koek slieken willen, flüstert Rolf: „Du, dien Slapstubendör is apen." - „Lat doch!", flüstert Klaus trügg, „kumm wieder!" Äwer Rolf höllt em an' Ärmel fast. „Kiek doch mal! Näben dien Fru slöppt ein anner Kierl!" Klaus kiekt nu würklich hen, äwer denn schüwwt he Rolf furts in de Koek. „Los, sett di hen. Un denn lat uns man nich so luut sien, dat he blot nich waak ward!" „Woso denn dat?", fröggt Rolf. „Mann", seggt Klaus, „ick hew doch blot noch twei Bier!"

„Minsch, Norbert", seggt Korl, „ick hew hürt, du makst in dienen Urlaub ne Schiffsreis? Dat is doch gefährlich! Stell di vör, dat Schipp geiht ünner! Villicht kannst du di ja noch redden, äwer denn sittst du villicht Johr üm Johr up ein einsam Insel, ganz allein ..." Norbert winkt aw. „Dor mak ick mi kein Sorgen. De würden mi ganz fix wedderfinnen." - „So?", seggt Korl, „woans kümmst du denn dorup?" Norbert grient. „Ick hew noch dusend Euro Schulden bi't Finanzamt."

*

Hilda stellt ehren Nahwer tau Räd: „Seggen Se mal, Herr Möller, woans kamen Se dortau, unanstännig Geschichten oewer mien Dochter tau vertellen!? De Diern geiht jeden Abend Klock acht in't Bett!" Möller grient. „So ? Ach ja, klor! Süss schafft se dat ja ok gor nich, dat se Klock teihn tau Hus is!"

*

„Herr Professer!", röppt Sabine oewer de Straat, „Se gahn ja mit ein Bein in' Rönnstein! Dat süht ja richtig albern ut!" De Professer freut sick. „Oh, gaud, dat Se mi dat seggen! Ick hew all dacht, ick humpel!"

De Richter kann blot denn' Kopp schütteln oewer dat, wat he in sien Akten läst. „Angeklagten! Se hebben up denn' Markt ein Mittel anbaden un seggt, wenn man dat drinkt, bliwwt man ewig läben?" De Angeklagte nickt. „Ja." De Richter schüttelt denn' Kopp noch düller. „Dat is ja nich tau faten! Sünd Se mit dissen Kram früher all mal erwischt worden?" De Angeklagte nickt wedder. Nu will de Richter dat genau weiten: „Un wann wier dat?" - „Tschä", seggt de Angeklagte, „einmal 1573 un einmal 1782."

*

Ein Blondine kümmt in ein Polizeikontroll. De blonde Polizistin seggt: „Denn' Führerschien bitte!" „Wat is denn dat?", fröggt de Fohrerin. „Dat is so'n viereckig Ding mit Seehr Bild up", seggt de Polizistin. De Diern fangt nu an, in ehr Handtasch tau kramen, findt denn ehrn Taschenspeigel, kiekt dor rup un seggt : „Oh, dat is dat hier woll", un giwt em de Polizistin. De nimmt em, kiekt dor ok rup un seggt. „Dat harden Se ja ok gliek seggen künnt, dat Se ne Kollegin sünd!"

De Gast winkt denn' Kellner ran: „Herr Ober, weiten Se, an wat man faststellt, wo olt ein Hauhn is?" De schüttelt denn' Kopp. „Nee". - „Denn will ick Se dat vertellen", seggt de anner: „An de Tähnen." De Ober lacht. „Äwer Häuhner hebben doch gor kein Tähnen!" - „Nee", seggt de Gast, „äwer ick!"

Wat dat nich allens giwt ...

„Du, Fred", seggt Steffen, „ick hew hürt, du hest dien Sekretärin heuradt?" Fred nickt. „Ja."
Steffen wunnert sick: „Mann, so schön is de doch gor nich, un öller as du is se ok."
„Ja", seggt Fred, „äwer se künn so gaud tippen." Steffen kiekt em grot an: „Wat? Un dorüm hest du ehr heuradt?" - „Klor" seggt Fred un lacht, „se hett nämlich bi't Tippen denn' Jackpot knackt!"

*

Mit streng Amtsmien seggt de Zöllner: „Gauden Dagg, Grenzkontroll. Hebben Se wat tau verzollen?" - „Ja", seggt Walter, „'n halw Swien." De Zöllner klappt sien Bauk up. "Aha. Doot odder lebennig?"

*

Susanne bewunnert dat smucke Medaillon, dat ehr Fründin Bettina dräggt un fragt: „Is dor ok wat binnen?" - „Ja", seggt Bettina, „ hier, kannst kieken." Se klappt dat Medaillon up un seggt: „Dat is ne Lock von mienen Mann, tau Erinnerung." Ehr Fründin wunnert sick. „Tau Erinnerung? Äwer dien Mann läwt doch noch." - „Dat woll", seggt Bettina, „äwer he hett kein Hoor miehr."

Andreas un Brigitte sitten an' Frühstücksdisch, un he hett de Zeitung vör de Näs. „Du, ick läs hier grad, in de Türkei läwt de öllst Fru von de Welt." - „Aha", seggt sien Fru, „un wo olt is de?" Andreas kiekt noch mal genau up't Blatt. „126. Dat hett se taumindst seggt." - „Wat?", fröggt Brigitte, „dat hett se sülben seggt?" Andreas nickt. „Oh Gott!", röppt dor Brigitte, „wo olt möt de ierst in Würklichkeit sien!"

*

De Lokalreporter hett Mäuh, mang all de Gäst dat Geburtsdaggskind tau finnen. Äwer denn hett he dat schafft un seggt: „Ierstmal ok mienen Glückwunsch tau'n 100. , Fru Möller. Ick hew hürt, Se kamen ok in dit hoge Öller tau Hus ümmer noch allein trecht?" - „Na klor", seggt se, „un nu, wo ick mien beiden Gören endlich in't Altersheim stäken künn, mak ick mi noch 'n poor schöne Johr!

*

Paul wunnert sick: „Wat denn, de oll Möller is kirchlich beierdigt worden? De is doch sien Läwdagg nich in de Kirch gahn." - „Nee", seggt Korl, „dat stimmt. Un wenn wi em dit Mal nich rindragen harden, denn wier he wedder nich kamen."

Krause kiekt denn' jungen Mann vör em scharp an: „Se willen also mien jüngst Dochter heuraden, Herr Schmidt?" De nickt iewrig. „Hm", seggt Krause, „ick kann Se dat natürlich nich verbeiden, äwer eigentlich wull ick tauierst mien öllst Dochter verheuraden. Se würd natürlich ok 'n bäten miehr Mitgift kriegen, dat is klor." Schmidt oewerleggt kort un fragt denn: „Seggen Se mal, woväl dusend Euro is se denn öller?"

*

As de Kundin an de Reig is, seggt se: „Ick harr giern 'n Wadernapf för unsen Hund." - „Giern", seggt de Verköperin, „ick hew dor poor verschieden Sorten ... willen Se einen, wo ‚Für unseren lieben Hund' upsteiht?" De Kundin schüttelt denn' Kopp. „Nee. So einen bruk ick nich. Mien Mann drinkt kein Wader, un Waldi kann nich läsen."

*

„Du, Schatz", röppt Elvira, „ ick gah mal fix fief Minuten tau Inge roewer. Rühst du denn bitte mal de Supp üm?" - „Giern", röppt Jürgen trügg, un wo oft?" Elvira is all an de Dör. „Alle twintig Minuten!"

„Nanu?", seggt Susi, as se ehr Fründin besöcht, „worüm kiekst du denn so suur, Gabi?" De süfzt. „Ach, weitst du uns Nahwersch harr sick von uns denn' Rasenmeiher utleihnt." - „Un se hett em woll noch nich wedderbröcht?", fröggt Susi. „Nee", seggt Gabi, „un mien Mann, de em gistern von ehr halen süll, is ok noch nich wedder trügg!"

*

„Na, woans wier dien Urlaub?", fröggt Richard sienen Kollegen Klaus. „Schiet wier't", knurrt de. „Woso denn?", will Richard weiten. „Ick segg di blot soväl", knurrt Klaus, „se hebben mien Fru dor tau Schönheitskönigin wählt!" Sien Kolleg kiekt em an: „Ja un?" - „Na Mann!", bullert Klaus los, „denn kannst du di doch woll vörstellen, wat dat för'n Kaff wäst is!"

*

Andreas kümmt ut dat Staunen gor nich rut: „Ick dörf würklich Seehr Dochter heuraden? Ick hew ümmer dacht, Se moegen mi nich." - „Nee", seggt Schmidt, „ick magg Se ok nich. Un dorüm sallen Se ja ok mien Fru as Schwiegermudder kriegen."

„Du", seggt Frank, „mien Fru will sick scheiden laten." Sien Fründ Rolf wunnert sick. „So? Un worüm?" - „Tschä", seggt Frank, „se meint, ick kümmer mi nich naug üm de Kinner. Dat is natürlich lagen!" - „Aha", seggt Rolf, „woväl Kinner hest du eigentlich?" - „Täuw mal", seggt Frank, „ick glöw, so drei ...., odder vier ...."

*

„Na, wat seggst du tau mienen niegen Strohhaut?", fröggt Elvira. „Wunnerbor!", seggt Susanne, „as wenn he di ut'n Kopp wussen wier!"

*

„Du, Susanne, letzt Nacht hew ick dröömt, dat ick mit de schönst Fru von de Welt in't Bett lägen hew", vertellt Peter sien Kollegin. „Aha", strahlt de, „un? Wier't schön mit uns beiden?"

*

Sprüttenduun schrägelt Meier an de Kark vörbi. De Paster kümmt rut, süht em un seggt: „Wedder mal an' hellerlichten Vörmiddag besapen!" Dor strahlt Meier em an un röppt: „Ick ok, Herr Paster, ick ok!"

In de Füürwach klingelt dat Telefon. Man hürt ne Frugensstimm: „Hallo? Is dor de Füürwehr? Se möten fix kamen, dor versöcht ein Mann, bi mi intaustiegen!" - „Dor sünd Se bi uns verkiehrt" seggt de Füürwehrmann, „ för sowat is de Polizei taustännig." - „Nee!", röppt se up de anner Siet, „Se möten kamen! Sien Ledder is nämlich tau kort!"

*

„Du, hast du dat all hürt, Thomas? Fru Möller-Meisenstein sall ehren Hund 20.000 Euro verarwt hebben!" Thomas winkt aw. „Hew ick all hürt. Äwer dor giwt dat Probleme." - „Aha", seggt sien Fründ, „wat denn för weck?" Thomas grient. „De Papagei hett dorgägen klagt."

*

„Du, Schatzi?", fröggt he, as se ut dat Standesamt kamen, „wat warden woll dien Öllern dortau seggen, dat wi heimlich heuradt hebben?" - „Ach", seggt se un giwt em 'n Kuss, „dor mak di man kein Sorgen. De hebben sick bet nu noch jed Mal doroewer freut."

Paula is giern dorvon oewertüügt, dat se ümmer allens richtig makt. So ok hüt, as dat üm Kinner geiht: „Also, ick finn, wenn man Kinner uptreckt, is dat eigen Vörbild dat Wichtigst. Wi tau'n Bispill schicken uns Kinner ümmer in denn' Gorden, wenn wi uns mal strieden."
„Aha!", seggt ehr Kollegin Brigitte, „dorüm hebben Seehr Kinner ümmer so'n gesunne Gesichtsfarw!"

*

Paul geiht mit sien Fru de Straat lang. Mit mal flüstert he ehr in't Uhr: „Schatzi, künnst du villicht ganz fix mal 'n richtig glücklich Gesicht maken?" Se kiekt em an. „Worüm denn dat?" - „Dor vörn kümmt grad mien ierste Fru!"

*

Hannes will mit sien Familie mal richtig schön äten gahn, äwer sien Fru hett em oewerrädt't, dat se dat mit ein Wanderung verbinnen. As se nah twei Stunnen in dat Lokal „Waldeslust" ankamen un an' Disch sitten, röppt Hannes furts denn' Ober tau: „He! Ick mücht 'n Koem un 'n grotes Bier!" De Kellner, denn' dat argert, kümmt tau ehr ran un seggt: „Mien Herr, ierst kamen Seehr Fru un de Kinner an de Reig." - „Wat denn?", bölkt dor Hannes los, „is dat hier 'n Kraug odder 'n Rettungsboot?"

„Na, woans is't so mit dien niege Fründin?", will Jens von sienen Kumpel Sven weiten. De strahlt: „Wunnerbor. Se hett mi grad seggt, se findt mi leiw, klauk, smuck, charmant ...." - „Oh", seggt Jens, „denn geiht dat nich gaud mit juch." - „Worüm denn nich?", fröggt Sven. Jens grient. „Na, wenn se all an' Anfang so utverschamt lüggt ...."

*

„Fru Meier?, fröggt de Nahwersch, „is Se all upfollen, dat Seehr Dochter in de letzt Tied ümmertau Babysaken häkelt?" -"Klor", seggt Meiersch, „natürlich! Endlich interessiert se sick mal för wat anners as ümmer blot för de doemlichen Bengels!"

*

Manfred kiekt ganz sinnierlich vör sick hen. „Giw mi doch mal 'n gauden Rat, Norbert. Sall ick nu disse rieke Ollsch heuraden, odder leiwer de smucke arme Bärbel?" - „Dat is doch klor", seggt Norbert, „natürlich de smucke arme Bärbel." Manfred bedankt sick för denn' Ratschlagg. Nah ein Wiel fröggt Norbert: „Ganz näbenbi, Manfred, wo wahnt eigentlich disse rieke Ollsch?"

Heini sitt näben sienen Kumpel Werner up ne Parkbänk un stoehnt: „Mann, wenn ick dat Geld harr, dat ick all versapen hew!" - „Wat würdst du denn daun?", will Werner weiten. Heini süfzt: „Denn würd ick nu schön in' Kraug gahn!"

*

„Du, hest du all hürt, wat Peter gistern för 'n Unglück taustött is?", fröggt Achim. „Nee", seggt Max, „vertell mal." - „He is mit mien Fru dörchbrennt!"

*

Alfons kümmt in dat Anzeigen-Büro von de Zeitung un seggt: „Mien Fru is dootbläben, un nu mücht ick giern ne Truuranzeig upgäben Äwer dat dörf nich tau düür warden. Also blot ganz kort bitte. Schrieben Se einfach: Paula is doot." De jung Fru achter denn' Schriewdisch wunnert sick: „Miehr nich?" - „Nee", seggt Alfons, „dat kost mi süss tau väl." De Angestellte schüttelt denn' Kopp: „Äwer dat wier doch ümmerhen Seehr Fru! Tau'n annern koenen Se för denn' glieken Pries ok soeben Würd verwennen." - „Ach so!", seggt Alfons un freut sick, „dat is gaud. Denn schrieben Se man: Paula is doot. VW Golf tau verköpen!"

„Weitst du, wat mi gistern passiert is?", fröggt Bernd, „bi uns in't Hus is de Strom utfollen, un ick müsst twei Stunnen in' Fohrstauhl stahn!" Heiner winkt aw. „Sowat kenn ick! As ick körtens in't Koophus wier, dor is dor ok de Strom utfollen un ick hew twei Stunnen up de Rolltrepp stahn!"

*

„Hannes", fröggt Fiete, „wat mötst du daun, wenn du mit dien Auto bi düster Nacht dörch't Holt führst un du sühst ne nakicht Fru up einen Boom sitten?" Hannes denkt nah. „Tschä, ick weit nich ...." - „Mann!", seggt Fiete, „du mötst dien Scheinwerfer nie instellen laten!"

*

Kurt kümmt in' Blaumenladen. „Na, wat dörf dat sien?", fröggt de Verköperin, „ 'n schönen Struutz odder leiwer 'n Blaumenpott?" - „Tschä", seggt Kurt, „hebben Se ok fleischfressende Pflanzen?" De Verköperin nickt. „Ja, de hebben wi ok. Wat för ein wullten Se denn woll hebben?" - „Dat is schön", seggt Kurt, „denn harr ick giern so ein för ne Fru von 85 Kilo."

„Weitst du, wat ick grad hürt hew?", fröggt Rolf sienen Kumpel Jürgen bi'n Frühschoppen, „bi uns nächst Regierung sall de Stüürerklärung nu würklich ganz einfach warden. Up denn' Bagen sall dat blot noch twei Punkte gäben. De ierst is: Woväl hebben Se dat letzt Johr verdeint?" - „Aha", seggt Jürgen, „un de tweit?" Rolf grient. „De tweit' heit: Oewerwiesen Se uns dissen Bedragg!"

*

Fred sinniert so vör sick hen. „Weitst du", seggt he denn tau Klaus, „ick harr doch leiwer 'n annern Beruf liehren süllt." - „Un wat för einen?" , fröggt de. Fred süfzt. „An' leiwsten wier Tähndokter." - „Aha", seggt Klaus, „un worüm?" Fred grient. „Wenn denn mien Fru tau mi in Behandlung keem, denn künn ick endlich mal bestimmen, wenniehr se denn' Mund upmakt un wenniehr wedder tau."

*

Manfred hett sick 'n nieges Auto köfft. Dormit em dat keiner klaut, leggt he oewer Nacht 'n Zettel vörn rin: „Kein Motor un kein Benzin!" An' nächsten Morgen stäkt 'n Zettel achter denn' Schiebenwischer un dorup steiht: „Un nu ok kein Reifen miehr!"

Scharpe Saken

Dat oll Ehepoor liggt in't Bett. Mit mal fragt se: „Schatz, erinnerst du di eigentlich noch an uns Hochtiedsnacht?" - „Jaaaa...", seggt he so'n bäten toegerich, „worüm fragst du?" - „Nu ja", seggt se, „dor güng dat so fix, dat ick mi nich mal de Strümp uttrecken künn. Un hüt duurt dat so lang'n dat ick mi vörher 'n Poor Strümp stricken künn!"

*

Manfred grient nich mal, as Norbert 'n Witz vertellt hett un seggt: „Du, Norbert, so dull wier disse Witz würklich nich." Norbert wunnert sick: „So? Komisch, as ick denn' körtens dien Fru vertellt hew, is de vör Lachen binah ut' Bett follen!"

*

Peter kümmt an' Stammdisch un leggt gliek los: „Passt mal up, ick hew endlich ein Mittel dorgägen, dat de Kierls ümmer scharp up mien Fru sünd! Ick wier nämlich vörgistern mit ehr bi so'n Wunderdokter, un de hett dat henkrägen, dat jedein Kierl, de mit ehr slöppt mit mal nich miehr hüren kann!" Dor leggen sick sien drei Kumpels de Hand achter de Uhren, un ein bölkt: „Wat hest du äben seggt?"

Dieter is up sien Reis' mit' Auto in ein frömde Stadt liggenbläben un möt dor oewernachten. As he abends ut dat Hotel noch mal up de Straat geiht, is ringsüm kein Minsch tau seihn, blot ne jung Fru kümmt grad üm de Eck. Dieter geiht up ehr tau. „Hallo, mien Fröllein, dörf ick Se mal wat fragen?" De nickt. „Ja, giern!" - „Nu ja", seggt Dieter, „disse Stadt is ja woll bannig lütt, äwer giwt dat hier villicht liekers so wat as'n Vergnügungszentrum?" De Diern nickt. „Ja." - „Aha", seggt Dieter, „un wo finn ick dat?" - „Dat is ganz einfach", grient de Diern, „dat steiht in' Momang grad vör Se."

*

„So, Kinner", seggt de Liehrerin in de Schaul, „nu weit' ji, wat Währungen sünd. Wecker kann mi nu ein Währung nennen?" Natürlich weiten de Goern, dat dat Euro, Dollar un Rubel un sowat allens giwt, äwer taun Schluss meld't sick ok noch Maiki, de süss ümmer 'n bäten doesig is. De Liehrerin freut sick: „Na, Maiki, wat weitst du denn för ein Währung?" „Mal!", seggt Maiki stolz. „Mal?", wunnert sick de Liehrerin, „ wat sall denn dat för'n Währung sien?"
„Nu ja", seggt Maiki,„ dat weit ick ok nich. Äwer körtens hett mien Schwester ne Fründin drapen, un de hett fragt, wat ehr Pelzmantel kost hett. Un dor hett se seggt: Söss mal."

Bi'n Frühstück kiekt de Vadderr sien Dochter scharp an: „Marlene, wo wierst du gistern Abend?" De kiekt nah ünnen in ehr Kaffeetass un seggt: „In de Volkshochschaul, Papi." Nu ward he argerlich: „Ick weit genau, dat dat nich stimmt! Hew ick di nich seggt, du sasst 'n bäten weniger leigen?" Se nickt. „Na gaud, Papi. Ick bün siet gistern Abend 'n bäten weniger Jungfru."

*

Bi de Frugensakademie seggt de Referent: „Also, miene Damen, tau'n Schluß von mien Seminar de Frag: Wenn ein Ehe richtig glücklich is, wecker hett dor von de beiden de Hosen an?" Doris meld't sick: „Wenn ein Ehe richtig glücklich is, hebb'n beid de Hosen ut, Herr Professer!"

*

As de Buur sien Häuhner Kurn henstreut, kümmt grad 'n Hauhn üm de Stalleck suust un de Hahn is düchtig dorachter her. As de Hahn dat Fauder süht, lött he furts dat Hauhn lopen un fangt an, dat Kurn uptaupicken. „Gäw Gott", stoehnt dor de Buur, „dat ick nienich in mien Läben so'n Hunger hew!"

Elvira seggt tau ehren Mann: „Hür mal, mien Schatz, uns Husmäten seggt, dat se schwanger is!" - „So'n Quatsch!", brummt he, „dat kann se nah drei Daag doch noch gor nich weiten!"

*

„Manfred", seggt Rolf, „du sühst ja bannig mäud ut!" De nickt: „Ja, ick hew nämlich all de drütte Nacht ümmer denn' glieken Albdroom." - „'n Albdroom?", fröggt Rolf, „wat denn för einen?" Manfred süfzt: „Ick drööm, dat nachts mien Slapstubendör upgeiht, un dor steiht denn de scharpe Yvonne von näbenan, ganz nakicht, un kiekt mi glummerig an." Rolf lacht. „Mann, dat is doch kein Albdroom!" - „Doch", seggt Manfred, „se kümmt denn rin in de Stuw un knallt de Dör so luut achter sick tau, dat ick upwaak!"

*

„Na, wat steiht denn Nieges in de Zeitung?", fröggt Susi ehre Kollegin. „Ach, nix wieder", seggt de, „hier steiht, de Post söcht einen Breifdräger." Dor springt Susi up un löppt tau Dör. „Wo wisst du denn hen?", röppt de Kollegin ehr nah. Susi is all up'n Flur. „Nah Hus! Ick hew ut Verseihn mien Kleederschapp tauslaten!"

Karla vertellt denn' niegsten Klatsch: „Doris is mit ehren Fründ ok wedder ut'nanner!" - „Kiek mal an", seggt Claudia, „hett he Schluss makt odder se?" - „He", seggt Karla. Claudia will dat genau weiten: „Un worüm?" Karla grient: „Se hett nah denn' Sex tau em seggt: Nu lat uns man in't Kino gahn, ick will hüt noch 'n bäten Spaß hebben!"

*

„Du kennst doch ok Klaus Groterjan, denn' Polizisten", seggt Rolf an' Stammdisch. Sien Kumpel Jürgen nickt. „Wat is mit denn' "?, fröggt he. „Pass up", seggt Rolf, „he is nachts von' Deinst nah Hus kamen, is ganz liesing in de düster Slapstuw gahn un hett sick de Uniform uttreckt. Un dor hett em sien Fru in't Bett fragt, ob he nich noch mal rünner an de Tankstell gahn künn un ehr wat tau drinken halen, se harr so'n Döst un in't Käuhlschapp wier nix miehr. He hett sick also de Uniform wedder antreckt un is rünnergahn. Un dor hett em denn de Tankwart fragt, ob he nich miehr bi de Polizei wier." - „Ach?", seggt Jürgen, „woso denn dat?" Rolf grient. „He harr mit mal ne Füürwehruniform an!"

„Oh Mann", seggt Elvira, „mit mienen Kierl is ok gor nix miehr los!" - „Woso?", fröggt ehr Fründin. Elvira süfzt. „Gistern abend hew ick em fragt, ob he nich mal wedder Lust up ne heite Nacht harr. Un weitst du, wat he makt hett? He hett nickt un in de Slapstuw de Heizung hochdreiht!"

*

„Manfred, stimmt dat, ji hewt 'n Waderbett?", fröggt Peter. Manfred schüttelt denn' Kopp.
„Wi harden ein, äwer dat hebben wi wedder verköfft." - „Un worüm?", fröggt Peter, „wier dat nich gaud?" - „Nee", seggt Manfred, „up de Siet, wo mien Fru lägen hett, is dat Wader ümmer froren."

*

„Stellt juch blot mal vör", vertellt Susanne, „as ick gistern in' Wald spazieren gahn bün, dor stünn doch mit mal 'n nakichten Kierl vör mi! Wat glöwt ji, wo ick lopen bün!" - „Un?", grient Heidi, „hest em inkrägen?"

„Dagg, Herr Schulz", seggt de flotte Margit, as de Huswirt ehr de Dör upmakt, „ick kam, üm de Miet tau betahlen." De freut sick. „Dat is schön, kamen Se doch rin." - „Giern", seggt se un grient em an, „un ick hew wedder kein Geld mit, Herr Schulz ...."

*

„Manfred", seggt Felix tau sienen Kumpel, „du hest in dien Öller säker väl Erfohrung mit Frugens. Segg mal, wat denken Frugens eigentlich so bi'n Sex?" - „Nu ja", seggt Manfred, „dat kümmt ganz dorup an, ob sick dat tau'n Bispill üm ne Prostituierte handelt, odder üm ne jung Diern, odder ne Ehefru.... Also, ne Prostituierte denkt: Taumindst hett he betahlt. Un ne jung Diern denkt: Hoffentlich ward ick nich schwanger." - „Aha", seggt Felix, „un ne Ehefru?" Manfred grient. „De denkt dorbi: De Deck müsst ok mal wedder sträken warden."

*

„Schatz, du mötst mi unbedingt niege Ünnerbüxen köpen", seggt he tau sien Fru, as he von de Deinstreis trüggkümmt, „in de ollen kann ick mi nirgendswo miehr seihn laten!"

„Nanu?", wunnert sick de Hoteldeiner, as he de verdröögte olle Dam denn' Kuffer up de Stuw bröcht hett un de gliek up de Knei föllt un ünner dat Bett kiekt, „wat maken Se denn dor?"
De Ollsch steiht wedder up un seggt: „Ick kiek ümmer ierst ünner dat Bett. Dat künn ja sien, dat dor 'n Kierl ünner liggt." - „Aha", grient he, „un hebben Se all mal Glück hatt?"

*

„Oh", seggt Dieter tau Korl, „du hest ja Blaumen köfft! För dien Fru?" Korl nickt. „Ja, wi hebben hüt denn' iersten Hochtiedsdagg." - „Kiek an", seggt Dieter, „un woans löppt dat so in juch Ehe?" - „Ach, süss ganz gaud", seggt Korl, „bet up denn' Sex." Dieter kiekt em grot an. „Oha! Würklich?" Korl süfzt. „Ja. Weitst du, dor deiht man allens för ehr, so richtig mit Schmusen un mit Vörspäl un Nahspäl un all dissen Kram, un giwt sick Mäuh noch un noch ...." - „Ja, un denn?", fröggt Dieter. Korl süfzt noch deiper. „Denn will se nah vier Wochen all wedder."

„Du", seggt Arno tau Bernd, „ick hew di gistern mit ne smucke Diern in ein Cafè seihn." Bernd winkt aw. „Holl blot up! Se hett sick tau mi an' Disch sett', un mi denn so ankäken, na, du weitst all, so richtig glummerig. Un dor hew ick versöcht mit mienen Faut, so ünnern Disch ...." - „Aha", seggt Arno, „un dor hett se di ein knallt?" Bernd schüttelt denn' Kopp. „Nee. Se hett seggt: „Wenn Se mit mi slapen willen, denn seggen Se dat, äwer maken Se mi nich mien Strümp dreckig!"

*

„Schön, Karola, dat du mi tau di nah Hus inladt' hest", seggt Jürgen un nimmt sick noch 'n Stück Kauken von' Teller, „up disse Ort kann ick di as Kollegin ok mal privat kennenliehren." Se nickt. „Ja, dat finn ick ok schön. Äwer nu möt ick di warnen: In ein Stunn' kümmt mien Mann nah Hus." Dieter kiekt ehr an. „Äwer ick hew doch gor nix dahn, wat ick nich daun dörft!" Karola grient. „Ick weit. Äwer wenn du dat noch daun wisst, denn ward dat bilütten Tied!"

De Wachtmeister hett in' düstern Park verdächtig Geräusche hürt un bölkt los: „He, hier is de Polizei! Wat maken Se dor achtern Busch?" Von dor is ein Stimm tau hüren: „Sex!" De Wachtmeister grippt furts nah sien Tasch. „Aha! Dat kost' teihn Euro Straf!" Wedder is de Stimm tau hüren: „Na ja, denn nützt dat woll nix. Susi, hest du teihn Euro mit?" - „Wat denn?", röppt dor de Wachtmeister, „ se sünd twei? Denn kost' dat twintig Euro!"

*

„Fru Meier, is Seehr Soehn nich ierst föffteihn?", fröggt de Nahwersch, „ick hew em nämlich körtens mit ne ganz scharpe Diern seihn." Meiersch nickt. „Ja, ick weit, äwer he hett mi beruhigt. He hett seggt, dat is allens blot platonisch." - „Ach so", seggt de Nahwersch, „äwer seggen Se mal, wat heit dat eigentlich - platonisch?" Meiersch wunnert sick: „Se weiten nich, wat platonisch heit? Platonisch heit, dat se kein Geld dorför nimmt!"

*

Mudding, de Melkmann is dor! Sall ick dien Portemonnai halen odder wedder ne Stunn' up'n Sportplatz gahn?

„Du“, seggt Fiete, „mien Fru, de is richtig doemlich. De is vörrig Johr nah England führt, un dorbi kann de kein Wurt Englisch.“ - „Dat is noch gor nix“, seggt Paul, „mien Fru is noch väl doemlicher. De wier in de Karibik tau einen Tauchkurs. Dorbi kann de nich mal swemmen.“ Hannes winkt blot aw. „Nee, ick glöw, mien Fru is de allerdoemlichst. De hett dit Johr tau ehrn Urlaub in Gran Canaria ne grote Packung Kondome mitnahmen. Dorbi bün ick doch gor nich mit wäst!“

*

„Susi“, seggt Joachim,„ick schwör di, du büst de ierst Diern, mit de ick slapen hew.“ Susi nickt. „Dat brukst du mi nich tau schwören, dat hew ick ok so markt!“

*

„Also, ick möt seggen, sietdäm ick verheuradt bün, makt mi Sex oewerhaupt keinen Spaß miehr“, seggt Liane, „ümmer wenn dat richtig losgahn sall, kümmt mien Mann nah Hus!“

„Wat is los, Andreas, du kiekst so bedrippst", fröggt Achim. Andreas süfzt. „Ach, weitst du, gistern abend, as ick nah Hus kamen bün, dor wier dat up uns Dääl so düster. Un as mi dor ne Fru entgägen keem, dor hew ick dacht, dat wier Marie, uns Babysitter un hew ehr küsst." - „Ja", seggt Achim, „un wier se dat nich?" Andreas schüttelt denn' Kopp. „Nee, dat wier mien Fru." - „Minsch", röppt Achim, „denn is doch allens in Ordnung!" - „Äben nich", seggt Andreas, „se hett mi trüggschaben un seggt: Max, nu nich, mien Mann möt gliek kamen!"

*

„Du, Norbert, de Jägerie, de gäw ick nu ok up", seggt Manfred tau sienen Kumpel. Norbert wunnert sick. „Würklich? Worüm denn?" - „Nu ja", seggt Manfred, as ick gistern Abend bäten tiediger von de Jagd trüggkeem, dor leeg Walter bi mien Fru in't Bett. Un dor hew ick em dootschaten. Un dor hett mien Fru tau mi seggt: Wenn du so wiedermakst, wardst du bald gor kein Frünn' miehr hebben!"

„Kurt!", bölkt Hannes, „du sasst vertellt hebben, dat mien Fru ne Wratt up de linke Norsback hett! Dorför kriggst du nu weck an't Muul, is dat klor?" Kurt kriggt Bang. „Dat hew ick gor nich seggt! Würklich nich! Dat kann ick swören!" Hannes lött sick begäuschen. „Na, denn is't ja gaud." - „Sühst du", seggt Kurt, „man möt nich ümmer glöben, wat de Lüüd vertellen. Ick hew nämlich blot seggt, dat sick dat männigmal so anfäuhlt."

*

Karla vertellt bi'n Kaffeeklatsch: „Stellt juch mal vör, gistern hett mien Mann bi'n Sex bölkt as Tarzan!" - „Oh", seggt ein von ehr Fründinnens, „ wier dat nich 'n bäten tau luut?" Karla nickt. „Na klor, ick bün ja dorvon waak worden!"

*

„Peter, kannst du di noch an dien Hochtied erinnern?" - „Ja, na klor!" - „Un woans wier de?" - „Nu ja, also **i c k** wier in' söbenten Himmel." - „ Un dien Fru?" - „De wier in' achten Monat."

„Du, Beate“, seggt Tina, „ick hew hürt, dien Mann un du, ji hewt jeder ne eigen Slaapstuw?
Ick mein ... ji sied doch noch jung ... un dor brukt man doch ... ick mein, dor will man doch ...
„Ach so, dat meinst du!“, seggt Beate, „dat is ganz einfach. Wenn he will, denn fläut‘ he. Un ick gah hen.“ - „Aha“, seggt Tina, „un woans is dat, wenn du wisst?“ Beate grient. „Denn gah ick hen un frag, ob he nich fläut‘ hett!“

*

„Susanne, mal ganz iehrlich – hett dien Mann all mal ‚n frömden Kierl in dien Kleederschapp erwischt?“ - „Nee.“ - „Würklich nich?“ - „Nee, würklich nich. Dat wieren immer Frünn‘ von em.“

*

Ein Mann steiht nakicht in de Slapstuw vör‘n Speigel, kiekt sick an un seggt. „Twei Zentimeter miehr, un ick wier König!“ - „Ja“, seggt dor sien Fru, „un twei Zentimeter weniger, un du wierst Königin.“

Norbert verfiehrt sick bannig, as he sienen Fünd dröppt. „Manfred, wecker hett di denn dat Veilchen verpasst?" De süfzt. „Mien Fru". - „Un worüm?", fröggt Norbert. Manfred süfzt noch deiper. „Ick hew DU tau ehr seggt." Norbert staunt. „Wat? Wieder nix?" Manfred schüttelt denn' Kopp. „Nee. Se hett seggt: ‚Wi hebben nu all 'n halw Johr keinen Sex miehr hatt.' Dor hew ick blot seggt: ‚DU'!"

Kein Himmel ahn Wulken

„Hewt ji nich bald Sülwerhochtied?", fröggt Paul. Klaus nickt. „Ja." -"Un wat wisst du dien Fru schenken?", fröggt Paul. „Dat weit ick all", seggt Klaus, „ick führ mit ehr nah Grönland." Paul staunt. „Dat is ja 'n bannig düres Geschenk. Wat wisst du ehr denn dor blot noch tau Golden Hochtied schenken?" Klaus grient. „Tau Golden Hochtied? Dor hal ick ehr dor wedder aw!"

*

„Seggen Se mal, Fru Schmidt, löppt Seehr Mann ümmer noch de jungen Dierns nah?" - „Ja. Äwer siet he Asthma hett, blot noch, wenn dat bargdaal geiht."

*

Rainer besöcht sien Frau in't Krankenhus. „Ach Schatz", jammert se, „villicht bün ick ja doch so krank bün, dat ick starben möt. Äwer wenn du denn ne niege Fru nimmst, denn mötst du mi verspräken, dat se nienich mienen Brillantring drägen ward!" - „Wat sall de Quatsch?", knurrt ehr Mann, „tau'n einen hett de Dokter seggt, dat du bald wedder gesund büst, un tau'n annern hett se väl dickere Finger as du!"

„Na, woans schmeckt di dat ierst Äten, dat ick för di makt hew?", fröggt de jung Ehefru. He strahlt ehr an. „Wunnerbor!" Se strahlt trüch. „Dat is ja schön. Mien Mudding hett ok ümmer seggt, dat ick Hieringssalat un Ierdbeerkauken an' besten kann!" - „Aha", seggt he, „un wat von de beiden is dat?"

*

„Du, Susanne", seggt Paula, „ick hew körtens dienen Mann kennenliehrt. He is ja würlich 'n smucken Kierl." Susanne freut sick. „Ja, dat finn ick ok." Paula hett noch 'n Kumpelment: „Un disse Lachfalten in't Gesicht, de stahn em würklich gaud!" Susanne kiekt ehr grot an. „Wat? Von't Lachen kamen de?" Paula nickt. „Ja, ick denk woll." Nu halt Susanne deip Luft. „So? Denn lacht he heimlich!"

*

„So!", bölkt he, „nu hew ick endlich allens rut! Uns Nahwersch hett hüt morgen genau seihn, dat du einen frömden Kierl küsst hest! Ick hew dat ja all lang'n ahnt. Ick will blot noch ein Deil weiten: Wier dat de Melkmann odder de Breifdräger?" Se oewerleggt: „Dat kümmt ganz dorup an. Wier dat Klock soeben odder Klock nägen?"

Möller möt as Tüüg bi Gericht utseggen, un an denn' tweiten Verhandlungsdagg fröggt em de Richter: „Wo hebben Se denn dat blage Oog her, Herr Möller? Bi de Verhandlung gistern harden Se dat doch noch nich." Möller schüttelt denn' Kopp. „Nee, Herr Richter. Äwer gistern hett mi gliek nah de Verhandlung mien Fru fragt, woans ick ehr niege Frisur finnen dau, un ick hew dacht, ick stah noch ünner Eid ...."

*

„Danke för de Inladung tau dien Party, Marita. Hest du eigentlich ok Linda inlad't?" - „Nee, de magg mien Mann nich." - „Un Bärbel?" - „De ok nich. De magg he!"

*

De Pulterabend is vörbi, un dat Brutpoor is allein. „Du, Schatz", seggt se, „bevör wi nu morgen heuraden, gehürt sick dat woll, dat ick di all mien Saken mit anner Männer bichten dau." He straakt ehr leiw oewer de Hoor. „Äwer du hest mi doch vörrig Wääk all allens ingestahn!" Se nickt. „Dat woll, äwer sietdäm sünd doch all wedder acht Daag vergahn."

„Mann, Tom, du kiekst ja so bedrippst! Wat is los?" - „Ach, in mien Slapstuw is Smog-Alarm." - „Wat heit denn dat?" - „Dicke Luft un Verkehrsverbot."

*

„Un worüm willen Se sick scheiden laten, Fru Möller?", fröggt de Anwalt. „Ganz einfach", seggt Möllersch, „ut gesundheitliche Grünn."' De Avkat wunnert sick. „Ut gesundheitliche Grünn'?" Möllersch nickt. „ Ja. Ümmer wenn ick em seih, ward mi oewel."

*

„Segg mal, Tom, wanniehr hest du eigentlich dien Fru kennenliehrt?" - „Vör genau twintig Kilo."

*

„Du, ick bün nu twintig Johr verheuradt un leiw ümmer noch de sülwig Fru." - „Dat is doch wunnerbor!" - „Find'st du? Wenn mien Ollsch dat rutkriggt, denn bringt se mi üm!"

Petra kümmt ganz upgerägt up de Polizeiwach. „Herr Wachtmeister, mien Mann is wegg! Se möten em furts säuken!" De Beamte klappt sien Bauk up. „Na gaud, denn beschrieben Se em mal." Petra leggt los: „ Also he is 1,67, hett ne Glatz, bäten klapprig is he ok all ... ...weiten Se wat, Herr Wachtmeister, säuken Se mi doch leiwer 'n annern!"

*

„Nanu, mien Schatz, dor staun ick äwer!", seggt Peter tau sien Fru, „du hest äben blot ne halw Stunn' telefoniert! Süss duurt dat doch ümmer väl länger!" Sien Fru nickt. „Ja, äwer ditmal wier falsch verbunnen."

*

„Du, hest du all hürt?", fröggt Hans, „Max hett ne Million in't Lotto gewunnen!" - „Oha", staunt Jürgen, „un wat hett sien Fru dortau seggt?" - „Nix", seggt Hans, „de hett kein Wurt miehr rutkrägen!" Jürgen grient. „Denn hett he ja gliek tweimal Grund tau'n Freuen hatt!"

„Mann, ick dacht, du liggst mit dien Fru in Striet! Un dor sittst du hier un kiekst di dat Hochtieds-Video an?" - „Ja. Äwer ick lat dat trüggwarts lopen. Weitst de, de Stell is einfach tau schön, wo wi de Ring'n awnähmen ...."

*

As Elvira ehr Fründin dröppt, seggt se: „Susi, du strahlst ja so!" - „Klor", seggt de „ mien Mann hett mi 'n Pelzmantel schenkt. Ick hew em nämlich erwischt, as he dat Kinnermäten küsst hett. Un nu wull he dat wedder gaudmaken." - Kiek mal an", seggt Elvira, „äwer dat Kinnermäten hest du doch rutsmäten?" - „Nee!", lacht Susi, „ick bruk doch noch ne niege Handtasch!"

*

„Wecker hier in disse Drogerie hett gistern mien Fru statt Tähnpasta Sekunden kleber verköfft?" - „Oh Gott! Entschülligung, äwer dat kann blot uns Liehrjung wäst sien!" - „Aha. Denn gäben se em man disse teihn Euro un seggen Schönen Dank!"

Manfred hett dat ganz Gesicht vull Wulken, as Norbert em dröppt. „Minsch, Manfred, wat kiekst du so bedrippst?" De süfzt. „Ick wier äben an' Bahnhoff un wull mien Fru awhalen. Un se wier nich in denn' Togg, mit denn' se kamen wull. Un nu hew ick Bang." - „Bang, dat ehr wat passiert sien künn?", fröggt Norbert. Manfred schüttelt denn' Kopp. „Nee, dat se villicht all siet gistern tau Hus is."

*

„Du, mien Mann un ick, wi hebben in alle Saken genau denn' glieken Geschmack." - „Dat is ja selten. Würklich?" - „Ja. Un dat hett blot twei Johr duurt, bet he dat begräpen hett!"

*

„Na, du sühst ja all wedder väl bäder ut as vörrig Woch.", seggt Hannes tau Fiete, „is de Striet mit dien Fru nu endlich vörbi?" - „Ja", seggt Fiete, „is allens in de Reig." - „Un woans sied ji juch wedder einig worden?", will Hannes weiten. „Nu ja", seggt Fiete, „wi slapen nu in verschieden Betten." Hannes wunnert sick. „Un dat allein helpt all?" Fiete nickt. „Ja. Ehr Bett steiht nu in Rostock un mien in Schwerin."

„Du sühst gor nich gaud ut, Paul", seggt Willi, „hest du Arger mit dien Fru?" Paul nickt. „Ja, un ümmer wägen ehr verdammigte Iewersucht! Stell di vör, ümmer wenn ick nah Hus kam, söcht se mien Jack nah frömde Hoor aw. Un wenn se ein find't, Mann oh Mann, denn geiht dat los!" - „Dat's würklich schlimm", seggt Willi, „un nu hett se woll wedder mal ein funnen?" - „Nee", knurrt Paul, „äben nich! Se hett **kein** funnen. Un nu glöwt se ick hew wat mit ne Fru mit ne Glatz!

*

„Du, Hein", seggt Kurt, „mien Fru will ümmertau Geld von mi. Morgens, meddags, abends ...." - „Na sowat!", seggt Hein, „wat makt se blot mit all dat Geld?" Kurt grient. „Dat weit ick nich. Ick gäw ehr ja nix!"

*

„Du, findst du nich, dat dat so bilütten Tied is, dat wi uns för uns Dochter nah einen Mann ümkieken?", fröggt se bi't Frühstück. He schüttelt denn' Kopp. „Nee. Ick mein, wi süllten einfach täuben, bet de Richtige kümmt." - „Ach wat!", seggt se, „ ick hew damals ok nich täuwt, bet de Richtige kümmt!"

Annemarie un Doris hebben sick lang'n nich seihn. „Büst du eigentlich glücklich mit denn' ollen Professer, denn' du heuradt' hest?", fröggt Annemarie. Doris nickt. „Ja, siehr glücklich sogor." - „Äwer so'n Professer sall doch ümmer so zerstreut sien, stimmt dat?", fröggt Annemarie. „Klor stimmt dat", seggt Doris, „bi mienen is dat sogor besünners dull. Äwer dat is ja grad dat Gaude. Ick hew dit Johr all dreimal wat tau'n Geburtsdagg und viermal wat tau'n Hochtiedsdagg schenkt krägen!"

*

„Jürgen, Elvira, willt ji all gahn? Dat is doch ne schöne Stimmung hier up uns Party, un de Klock is doch ok ierst elben!" - „Dat woll. Äwer wi beiden hebben noch'n langen Striet vör uns."

*

„Na, Günter, „woans wier dien Operatschion?" - „Is allens gaud gahn. Blot as ick ut de Narkos upwakt bün, hew ick tauierst dacht, ick wier in' Himmel." - „Aha. Un an wat hest du markt, dat du nich in' Himmel büst?" - „Mien Fru wier bi mi."

„Na, Heinz, hest du dienen Urlaub för dit Johr all plaant?“ - „Eigentlich ja. Mien Fru will in de Alpen, un ick will an de Nordsee.“ - „Aha, un wohen ward't ji führen?“ - „Oh, Thomas, dor markt'n gliek, dat du nich verheuradt büst!“

*

„Elvira, treck de Vörhäng tau, uns Nahwersch möt mi ja hier nich nakicht seihn!“, bölkt Jürgen. „Dor mak di man kein Sorgen, mien Schatz,“, röppt se trüch, „ wenn de di nakicht süht, treckt se fix sülben ehr Vörhäng tau!“

*

Fritz kümmt tau einen berühmten Wunderheiler un Spökenkieker un seggt: „Ick hew siet twintig Johren einen Fluch up mi sitten, koenen Se mi dorvon woll lossspräken?“ - „Tschä“, seggt de, dat kümmt up an. Wat för ein Fluch is denn oewer Se spraken worden? Weiten se dat noch?“ - „Ja“, seggt Fritz, „dat weit ick. De Fluch hett heiten: ‚Hiermit sind sie rechtmäßig verbundene Eheleute.‘“

Annegret will sick scheiden laten un giwwt bi denn' Avkaten as Grund an, dat ehr Kierl bannig giezig is. De Anwalt weigt mit'n Kopp. „Giez as Scheidungsgrund ... dor möt he dat äwer bannig dull makt hebben." - „Ja!", röppt Annegret, „dat hett he, Herr Anwalt, dat hett he! Körtens hett mi de Dokter Seeluft verschräben. Un weiten Se, wat mien Kierl dor makt hett? He hett 'n Solthiering vör denn' Ventilator hangt!"

*

„Sven, worüm hest du di denn scheiden laten?", fröggt Fred. - „Nu ja", seggt Sven, eigentlich blot wägen ehr Kleed." Sien Fründ kiekt em grot an. „Ja", seggt Sven, „dat wier so. Dat Kleed harr achtern so väl Knööp, un de kreeg se ümmer nich allein tau. Un de hew ick ehr eines Morgens verkiehrt tauknööpt." Fred wunnert sick. „Äwer sowat is doch noch kein Scheidungsgrund!" - „Doch", seggt Sven, „as se von de Arbeit nah Hus keem, wieren de Knööp richtig."

*

„Also, Schatz, mit de niege Brill sühst du einfach tau'n Grugen ut!" - „Woso? Ick hew doch gor kein niege Brill!" - „Nee, äwer ick!"

Ein Ehepoor hett Golden Hochtied fiert, un as all Gäst gahn sünd, sitten de beiden noch bäten tausamen. Mit mal seggt he: „Du, ick möt di hüt mal wat fragen: Wi hebben teihn Kinner, un nägen dorvon seihn sick ähnlich, blot Maiki, de letzt, de is ganz ut de Ort slagen. Segg mi doch mal ganz iehrlich, künn dat sien, dat he 'n annern Vadder hett as de annern nägen?" Se druckst tauierst noch so'n bäten, äwer denn seggt se: „Ick will dat hüt taugäben. Ja, dat is so." He straakt ehr un seggt: „Dat is schön, dat du dat so iehrlich taugiwwst. Un wecker is disse anner Vadder?" Se kiekt nah ünnen un seggt denn ganz liesing: „Du."

*

Heiner kann de Welt nich miehr verstahn: „Ümmertau laten de Lüüd sick scheiden! Un nu du ok noch, Paul! Wecker bi juch doran schuld wier, frag ick gor nich ierst. Ick mein nämlich, an ein Scheidung sünd ümmer twei Schuld." - „Ja", nickt Paul, „dat stimmt. Mien Fru un ehr Mudder!"

„Segg mal, Jürgen, wo is uns Hund awbläben?" - „De is in de Wahnstuw ünnert Sofa krapen, Elvira." - „Komisch. Ümmer wenn wi äten, denn verswinnt he. Worüm blot?" - „He hett Bang, ick gäw em wat aw!"

*

Ein Ehepoor steiht in' Schlosshoff vör einen Sood. „Du", seggt se, „up dat Schild hier steiht, wenn man ein Geldstück dor rinsmitt, ward einen ein Wunsch erfüllt." Furts nimmt he 'n Euro ut de Tasch un smitt em rin. Se bögt sick nah vörn, üm tau hüren, woans dat Geldstück ünnen ankümmt, verliert dorbi dat Gliekgewicht un föllt rin. „Oh", seggt he, „dat funktioniert ja!"

Kinnerkram

„Papa", röppt Jens, „ick läs hier grad, dat Edison denn' iersten Spräkapparat erfunnen hett." Sien Vadder schüttelt denn' Kopp. „Nee, mien Jung, dat stimmt nich ganz. Denn' iersten hett de leiw Gott erfunnen. Edison hett denn' iersten erfunnen, denn' man awstellen kann!"

*

„Mutti, hest du mien Luftballons weggnahmen?" - „Ja." - „Worüm denn?" - „Wenn du de uppusten deihst, möt Papi ümmer gliek an sienen Führerschien denken!"

*

„Mutti, wo kamen de lütten Kinner her?" - „Ach weitst du, Maiki, ... dat is ne lang'n Geschicht ...." - „Oh, denn vertell mi doch taumindst denn' Anfang!"

*

„Wat wäuhlst du denn ümmer blot in dien Stuw rüm, Maiki?" - „Mien Atlas is wegg, Tante Isolde." - „Denn gäw ick di mienen ut mien Schaultied." - „Nee, lat man. Dor is Amerika villicht noch gor nich binnen."

„Mama, koenen Engel fleigen?" - „Ja, mien Diern, Engel koenen fleigen." - „Oh, denn kann Johanna ja ok fleigen!" - „Äwer Diern, Johanna is uns Deinstmäten un kein Engel." - „Äwer Papi hett tau ehr „mien säuten Engel" seggt." - „Na denn flüggt se!"

*

„Omi?", fröggt de lütt Sebastian, „stimmt dat, dat allens wat up de Welt is, von' leiwen Gott makt worden is?" Sien Oma nickt. „Ja, dat stimmt, mien Jung." De Lütt fröggt wieder: „Is de leiw Gott denn ein Chines?" Oma wunnert sick: „Woans kümmst du denn dorup?" - „Dat weit ick von Papi", seggt Sebastian, „Papi hett seggt, dat meiste up de Welt ward von Chinesen makt!"

*

„Du, Papi" seggt Ralfi, „ick hew ne gaude un ne slichte Nahricht för di. Wecker wisst du tauierst hüren?" Sien Vadder kiekt von de Zeitung up. „Ierst de gaude natürlich." - „De gaude is", seggt Ralfi, „dat ick ne 1 in Mathe krägen hew." Sien Vadder freut sick. „Oh, dat is äwer schön. Un de slichte?" Ralfi grient. „De slichte is, dat dat nich stimmt."

De Schauldirekter süht, dat Ralfi up denn' Flur steiht. „Nanu?", fröggt he, „worüm steihst du denn vör de Dör?" Ralfi grient em an. „Ick hew in de Klass einen fohren laten, Herr Direkter, un dor hett de Liehrer mi rutsmäten." - „Aha!", seggt de Direkter, „un doroewer freust du di woll noch?" - „Na klor!", seggt Ralfi, „ick bün nu hier an de frische Luft un he sitt binnen in denn' Gestank!"

*

„Du, Mami, hier in de Zeitung steiht, dat Theater söcht Statisten. Wat sünd Statisten?" - „Dat sünd Lüüd, de rümstahn un nix tau seggen hebben." - „Oh, dat wier doch wat för Papi!"

*

Up'n Buurnhoff is wat Lütts ankamen. De dreijöhrig Benny kann sienen lütten Brauder gor nich naug ankieken. Besünners giern kiekt he tau, wenn sien Mudder denn' Lütten dröögleggt.
Ok hüt steiht he wedder dornäben. As sien Mudder bi't Windeln vergätt, nah de Puderdos tau langen, bölkt he los: „Täuw, Mudding, du mötst doch nah't Utmessen ierst noch frisch instreun!"

Ümmer wedder hebben de Öllern von Ralfi tau em seggt, dat he kein Schimpwürd in' Mund nähmen sall, un ümmer wedder hett he mal kein Ies odder kein Böngers krägen, wenn he so'n Wurt upschnappt harr un em dat rutrutschen dehd.

Nu is he mit sienen Vadder in't Fautballstadion, un ringsümher bölken de Lüüd as unklauk, un ümmer wedder is ok tau hüren: „Di is woll dat Bein inslapen, du Schapsnors!" odder „De Schiedsrichter is doch 'n Vullidiot!" un sowat. Mit mal bölkt ok Ralfi sien Vadder los: „Nu scheit doch endlich, du Penner!" „Vadding", seggt dor Ralfi, „Mudding un du, ji seggt mi doch ümmer, dat'n so'n Würd nich benutzen dörf." De Vadder ward 'n bäten verlägen un seggt denn: „Dat is ok so, Ralfi, weitst du, blot hier, up'n Fautballplatz, dat is ne Utnahm, dor dörf man sowat all mal daun." Dor kiekt Ralfi de Fru an, de näben em sitt un seggt tau ehr: „Na, du dicke olle Kauh?"

*

„Du, Ewald", seggt Paul, „ick hew nülich dien lütt Dochter seihn. De hett würklich väl Ähnlichkeit mit dien Fru." Ewald nickt. „Ja, besünners sietdäm se snacken kann!"

Lütt Benny kiekt sick dat Familien-Fotoalbum an. „Du, Mami, de schlanke jung Mann hier mit de välen Locken - wecker is dat?“ Sien Mudder kiekt em oewer de Schuller. „Äwer dat is doch dien Papi, mien Jung!“ - „So?“, seggt Benny, „un wecker is de dicke olle Glatzkopp, de bi uns wahnt?“

*

„Se hebben ja ein säutes Kind, Fru Meier. Disse schönen blagen Ogen!“ - „Ja, de hett he von sienen Vadder.“ - „Un wat för'n säute Näs he hett!“ - „De hett he nu wedder von mienen Mann.“

*

„Maiki, wat sall dat? Worüm lickst du denn an mien Kleed?“

„Ick wull blot weiten, ob Mutti recht hett, Tante Gertrud. Se hett seggt, dien Kleed is ganz un gor geschmacklos.“

*

„Mami, worüm hest du eigentlich Papi heuradt?“

„Sühst du, Paul, nich mal dat Kind begrippt dat!“

„Na, Svenni, woans wier't denn hüt in de Schaul?", fröggt Fru Schmidt ehren Soehn bi't Abendbrotäten. Svenni schluckt sienen Happen daal. „Wi harden hüt das ierste Mal Sexualkunde." - „Oh", seggt sien Mudder, „dat wier säker interessant!" - „Ja, wier dat", seggt Svenni un kiekt sien Öllern an, „nu weit ick nämlich Bescheid, ji Farken!"

*

„So, Kinner", seggt de Liehrerin, „nu hebben wi liehrt, woans ein Familie upbuugt is un woans se funktioniert. Enrico! Hest du oewerhaupt tauhürt? Ok du wardst mal Mann un Vadder sien!" - „Oh, dat is schön!", röppt Enrico un strahlt, „denn dörf ick endlich mit mien Iesenbahn spälen!"

*

„Mami, stimmt dat, dat mi de Klapperstorch bröcht hett?", will Bastian von sien Mudder weiten. De nickt. „Ja, mien Jung." Bastian denkt nah un seggt. „Dat is äwer bannig trurig." „Nanu?", wunnert sick sien Mudder, „wat is denn doran trurig?" - „Na ja", seggt Bastian, „denn is Papi ja woll impotent."

„Papi, woans is dat, wenn man riek is?"
„Riek sien, mien Jung, dat bedüdt' Sekt, Kaviar un smucke Wiewer."
„Un wenn man arm is?"
„Dat bedüdt' Bier, Läwerwusst un dien Mudder."

*

Vör denn' Buurnhoff steiht ein Kinnerwagen, un de lütt Soehn von de Buurslüüd sitt dornäben
un passt up. De Breifdräger kümmt, kiekt in denn' Wagen un seggt ut Spaß: „Na, wisst du mi dienen lütten Brauder nich verköpen?" - „Nee", seggt de Jung, „vör acht Wäken harden wi noch doroewer räden künnt, äwer nu hebben wi all tauväl Fauder investiert."

*

„Dat is äwer schön, mien Diern, dat du di so oewer denn' Sünnenunnergang freust", seggt Meier, as Susi up de Straat steiht un lacht. Susi lacht noch luuder. „Dat is kein Sünnenunnergang. Dor achtern brennt uns Schaul aw!"

„Na, Mäxing, woans gefällt di denn dien niege Papa?"
„Ach, weitst du, Mutti, ick finn', wi hebben all bädere hatt!"

*

„Mami, is dat dor vörn de Steilküst?"
„Pst! Ja, dat is de Steilküst."
„Mami, un worüm schuben wi uns Auto dorup tau?"
„Pst! Ruhig, Jung, süss wakt Papi noch up!"

*

Fru Lehmann wunnert sick oewer ehren Soehn. „Svenni, wisst du hüt gornich mit in't Swemmbad gahn?"
Svenni schüttelt denn' Kopp. „Nee, dor dörf ick nich miehr rin." - „Nanu?", seggt sien Mudder, „worüm denn nich?" Svenni kiekt so'n bäten bedrippst. „Ick hew dor in't Wader pullert." Fru Lehmann grient. „Na, ick glöw, dat maken de annern männigmal ok." - „Ja", seggt Svenni, „äwer nich von dat 10-Meter-Brett."

De lütt Thomas kiekt an' Abend vull Bang ut dat Finster. „Mami, dat blitzt un dunnert buten, kannst du nich bi mi slapen?" Sien Mudder schüttelt denn' Kopp. „Nee, ick möt doch bi Papi slapen." - „Oh Mann!", huult de Lütt dor los, „grad ick möt so'n Schisshasen as Vadder hebben!"

Herr Dokter, Herr Dokter ...

„Üm Gotteswillen, Fru Meier, worüm hebben Se Seehrn Mann denn äben ein poor knallt, as he ut sien Ahnmacht upwaakt is?“
„Hebben Se dat nich hürt, Herr Dokter? He hett fragt: Wo bün ick, Claudia?“
„Ja un?“
„Ick heit Birgit!“

*

„Du, stimmt dat, dat in Schwerin de Dokters demonstriert hebben?“
„Ja, äwer dat hett ehr nix nützt.“
„Un woso nich?“
„Dat wat se up ehr Schiller schräben harden, künn kein Minsch läsen.“

*

De Dokter kriggt grote Ogen, as he de Patientin ankiekt. „Dat sünd ja Brandblasen! Un grad up denn' Mund! Woans is denn dat passiert?“ - „Nu ja“, seggt se, „mien Mann is Füürschlucker bi'n Zirkus. Un as ick em hüt morgen ,n Kuss gäben wull, dor hett he mit mal 'n Hickup krägen!“

Ein Mäkelborger kümmt tau'n Dokter un seggt: „Weiten Se, man hürt ümmer, dat de Ostfriesen so spaßige Lüüd sünd, ick mücht ok giern Ostfriese warden." - „Ja", seggt de Dokter, „dat geiht. Dor möt ick Se 50% von Seehr Gehirn weggoperieren." - „Gaud", seggt de anner, „maken Se dat." As he ut de Narkos wedder upwakt, steiht de Dokter ganz blass an sien Bett un seggt: „Dat deiht mi leed. Ick hew 'n Fähler makt un Se 90% von dat Gehirn weggoperiert." Dor seggt de Mann. „Jo mei, dös mocht halt gor nix!"

*

„Oh, Seehr Krütz geföllt mi gor nich. Se sitten woll väl?"
„Ja, Herr Dokter, dat letzt Mal annerthalw Johr."

*

„Na, Herr Meier, wo fählt' denn?"
„Herr Dokter, ick glöw, mien Herzschrittmacher is kaputt."
„Woans kamen Se denn dorup?"
„Ümmer wenn ick hausten möt, geiht mien elektrisch Gordenduur up."

„Herr Dokter", seggt Elvira un lött sick up denn' Stauhl fallen, „ick bün total taunicht, so geiht dat nich miehr. Koenen Se mi nich 'n Stärkungsmittel verschrieben?" - „Wat is denn los?", fröggt de Dokter. Elvira stoehnt. „Ick sitt nu drei Daag all Dagg un Nacht an dat Bett von mienen kranken Mann, mak kein Oog tau un un pass up." De Dokter wunnert sick. „Is denn de Krankenschwester nich kamen, de ick Se schickt hew?" - „Doch!", süfzt Elvira, „dorüm ja grad!"

*

Bi'n Dokter klingelt dat Telefon. „Hallo? Herr Dokter? Hier is Prömmel." - „Ja, wat giwt' denn, Herr Prömmel?" - „Mien Fru is de Kellertrepp dalfollen un hett sick denn' Ünnerkiefer utrenkt." - „Oh!" - „Ja. Un dor wull ick fragen, ob Se in de nächsten vier bet fief Wochen mal vörbikamen koenen."

*

Bettina röppt bi ehren Husarzt an: „Hallo? Herr Dokter? Hier is Bettina Möller. Hew ick bi Se mienen BH liggenlaten?" - „Nee", seggt de Dokter, „bi mi liggt kein." - „Oh", seggt Bettina, „denn möt ick em woll bi'n Tähndokter vergäten hebben."

„Also, dat de Lüüd ümmer so väl Krankheiten hebben, verstah ick gor nich", seggt Paul, „ick kurier bi mi ümmer allens mit Drinken." - „Kiek mal an", seggt Fred, „un wat drinkst du denn so?" - „Nu ja", seggt Paul, „dat kümmt up an: Wenn ick wat mit'n Magen hew, drink ick Bier, bi niedrigen Blautdruck drink ick Rotwien, bi hogen Blautdruck Cognac, un wenn ick mi verküllt hew, drink ick Wodka." Fred grient. „Un wanniehr drinkst du Wader?" Paul kiekt sienen Kumpel grot an. „Wader? So'n Krankheit hew ick noch nich hatt!"

*

„Herr Dokter, koenen se mi nich mal'n Rat gäben? Mien Soehn sitt ümmer wedder in de Sandkist un backt Kauken."

„Äwer dat is doch ganz normal."

„Meinen Se? Mien Schwiegerdochter will sick dorüm von em scheiden laten."

„Hallo? Ja, hier is Dokter Möller."
„Gauden Dagg, hier is Isolde Papenberg-Wiedemeier, Se weiten ja, de Schauspälerin."
„Ja, ick weit."
„Ick hew ja hüt nahmeddag 'n Termin bi Se, koenen wi denn' nich up morgen verschuben?"
„Möt dat sien? Worüm willen Se denn' Termin denn verschuben?"
„Ach, weiten Se, ick wier hüt all bi mienen Agenten wägen ein Hauptrull un bi mienen Huswirt wägen de Miet ..., ick hew einfach kein Lust, mi hüt noch mal uttautrecken."

*

Dat Telefon bimmelt. „Hallo?", seggt ne Frugensstimm', „is dor de Notarzt?" - „Ja." - „Kamen Se fix her! De jung Fru, de ünner uns wahnt, liggt nakicht up ehren Balkon ...." De Dokter halt deip Luft. „Hüren Se mal tau, leiw Fru, so'n Saken gahn uns nix an!" - „Doch!", schriegt dat up de anner Siet, „laten Se mi doch uträden! Mien Mann hett sick so dull vörböögt, dat he nu ünnen up de Platten liggt!"

Bi denn' Kunstmaler klingelt dat Telefon. An de Stripp is sien Galerist. „Hallo! Herr Meier-Pinselmann! Stellen Se sick vör: De 52 Biller von Se in mien Galerie, de hew ick all verköfft! All up einen Slagg!" De Künstler freut sick. „Oh, dat is ja wunnerbor. De Lüüd hebben sick woll dorüm räten, wat?" - „Nee", seggt de anner, „dor wier blot ein Herr hier, de hett fragt, ob de Biller woll gliek nah Seehrn Dood in' Wiert stiegen warden. Dor hew ick ‚Ja' seggt, un he hett se alltausamen köfft." De Maler wunnert sick. „So? Wat wier dat denn för'n Herr?" De Galerist druckst ierst so'n bäten, äwer denn seggt he: „Dat wier seehr Dokter."

*

„Seihn Se, Fröllein Möller, de Entbindung is doch wunnerbor awlopen", seggt de Hebamm in't Krankenhus, „Se hebben einen gesunnen un smucken Jung tau Welt bröcht." Heidi strahlt. „Ja, danke för allens. Dörf ick Se noch üm wat bidden, Schwester?" De nickt. „Ja, giern. Üm wat denn?" - „Wenn ein Mann kümmt un dat Kind seihn will, koenen Se sick denn furts denn' Namen un de Adress upschrieben?"

Ne Fru hett ehr Entbinnung ünner Narkos makt un in de Narkos ümmer stoehnt: ‚Ach Andreas, ach Andreas'! As se ut dat Krankenhus entlaten ward, grient de Dokter bi'n Awschied so'n bäten un seggt: „Na, denn grüßen Se man ok Andreas schön." - „Oh", seggt se dor, „woher kennen Se denn unsen Breifdräger?"

*

„Seehr Krankheit is siehr anstäkend, Fru Möller, Se möten furts up ein Isolierstation."
„Oh je. Na gaud, Hauptsaak, dat helpt."
„Ja. Un denn richten Se sick man gliek dorup in, dat Se dor blot Speigeleier un Tüftenkauken tau äten kriegen."
„Achso? Gehürt dat dor tau de Behandlung?"
„Nee. Äwer de kann man ünner de Dör dörchschuben."

*

„Manfred, woväl Zigaretten smökst du eigentlich so an' Dagg?"
„Na ja, von Meddags bet Abends so an de 60 Stück."
„Oha. Un von Morgens bet Meddags?"
„Gor kein. Denn haust' ick."

Ein Gewerkschaftsfunktionär möt 'n Herzschrittmacher kriegen. Vör de Operation seggt de Dokter tau em: „Wi hebben dor twei Modelle tau Utwahl. Willen Se leiwer 'n swarten odder 'n roden?" - „Oh", seggt he, „denn nähm ick natürlich leiwer 'n roden!" Nah de Operation kümmt em dat äwer doch bäten snaksch vör un he fröggt: „Seggen Se mal, Herr Dokter, wenn dat Ding inbugt is, denn süht man de Farw doch gor nich miehr. Giwt dat dor noch 'n annern Ünnerscheid?" - „Ja", seggt de Dokter, „denn' giwt dat. De rode arbeit' blot 35 Stunnen in de Woch."

*

De smucke Tina hett sick gründlich ünnersäuken laten. As de Dokter se denn so'n bäten bedenklich ankiekt, fröggt se: „Is dat schlimm, wat ick hew, Herr Dokter?" De weigt mit'n Kopp. „Nu ja, as man dat nimmt, mien Fröllein. Se möten up jeden Fall gliek nah Hus gahn." Tina verfiehrt sick. „Ja, Herr Dokter, un denn?" De Dokter giwt ehr ne lütt Buddel un seggt: „Denn leggen Se sick in't Bett un nähmen disse Medizin hier. Dorvon warden Se denn bald so'n bäten beduselt sien. Un denn gahn Se nich miehr an't Telefon un laten keinen in de Wahnung - bet Se dat denn dreimal kort klingeln hüren ...."

„Herr Dokter, Se möten mi unbedingt wat för mien Zääg verschrieben, de frätt nix un ward ümmer dünner."
„Äwer för Seehr Zääg is doch Veihdokter Meier taustännig."
„Dat woll, äwer tau denn' hew ick kein Vertrugen. Denn' sien Ollsch hett ja ok nix up de Rippen!"

Minsch, arger di nich!

As 'n Kierl in denn' Häben kümmt un Petrus em begrüßt, süht he dor ok einen groten Boom stahn, an denn' hangen luder lütte Bimmeln un de bimmeln ümmer so sacht vör sick hen. As he dornah fragt, seggt Petrus: „Dat is de Loegenboom. Ümmer wenn up de Ierd ein Minsch lüggt, denn fangt ein von de Glocken an tau bimmeln." Mit mal fangt de Boom as wild hen un her tau wackeln un alle Glocken bimmeln so luut, dat man kuum ein Wurt verstahn kann.
„Wat is denn nu los?" bölkt de Kierl. Petrus kiekt up sien Klock un bölkt trügg: „Bundestagssitzung!"

*

Ne Fru stört't in't Polizeirevier. „Herr Wachtmeister, Se möten furts ne Fahndung inleiten! Äben hett mi up de Straat ein Kierl mienen Geldbüdel klaut! Ick kann denn' Schuft beschrieben!" De Beamte kiekt ehr an. „'n Geldbüdel? Se hebben ehr Geld in einen Büdel?" Se nickt. „Ja, ick dräg dat ümmer an ein Band üm denn' Hals up mien Bost." De Wachtmeister wunnert sick. „Un dor hebben Se nich markt, dat dor einer henlangt?" - „Doch", süfzt se, „dat woll, äwer ick hew dacht, he harr iehrliche Awsichten."

„So", seggt Fiete, „un wenn ick nu dissen Versicherungsschien ünnerschriew, denn krieg ick drei Millionen, wenn de Hoff awbrennt?" De Verträder nickt. „Ja. Natürlich blot, wenn Se em nich sülben anstäken daun." - „Aha", seggt Fiete, „dat hew ick doch gliek wüsst, dat dor irgendein Bedrugg bi is!"

*

„Du, Marianne", fröggt Bärbel, „wat bedüdt' eigentlich ‚Bigamie'?" - „Na ja", seggt Marianne, „dat bedüdt', man hett einen Mann tauväl." - „Aha", seggt ehr Fründin, „un wat bedüdt' ‚Monogamie'?" Marianne grient. „Dat bedüdt' dat glieke."

*

Ein Fallschirmspringer springt aw, un de Fallschirm geiht nich up. He treckt an de Lien von denn' Reservefalschirm - de geiht ok nich up. Ümmer fixer föllt he de Ierd entgägen. Dor kümmt em mit mal von ünnen ein Kierl entgägenflagen. „He! bölkt he em tau, „reparieren Se Fallschirme?" „Nee!" schriegt de anner un suust vörbi, „Gasflaschen!"

Ne Fru rönnt up einen Polizisten tau un röppt: „Herr Wachtmeister, disse Kierl dor achtern, de verfolgt mi all ne ganze Stunn'! Ick glöw, de is besapen!" De Wachtmeister kiekt de Fru von baben bet ünnen an un seggt denn: „Dor hebben Se woll Recht. De möt würklich besapen sien."

*

„Manfred, du kiekst so bedrippst. Arger tau Hus?"
„Ja."
„Un worüm?"
„Wiel ick höflich tau mien Schwiegermudder wier."
„Dat kann ja woll nich sien. Woans denn dat?"
„Gistern hett dat doch so dull pladdert. Un dor hett se bi uns klingelt. Dor hew ick de Dör upmakt un seggt: Äwer leiw Schwiegermudder, worüm stehst du hier in' Rägen, gah doch nah Hus."

*

„Du, Schatz", seggt Tom, „ick möt di mal wat ingestahn." - „Aha", seggt sien Fru, „un wat is dat?" Tom grient. „Ick magg dien Schwiegermudder väl leiwer as mien."

„Diern, ick kann dat nich faten! Weitst du taumindst, von weckern du schwanger büst?"

„Ja, Vadder, dat weit ick."

„Un, wat för ein is dat?"

„Ein Amerikaner, Vadder."

„Aha. un weitst du ok sienen Namen?"

„Ja."

„So. Un wo heit he?"

„He hett seggt: I'm sorry."

*

Krause meint, dat he noch lang'n nich tau olt is för ne smucke junge Urlaubsbekanntschaft un leggt an' iersten Abend gliek los. „Nanu, mien Fröllein, Se sitten ja ganz allein hier an' Strand?" De Diern kiekt em gor nich an. „Ja." Krause geiht noch 'n Schritt neger. „Is Se dat gor nich langwielig?" De Diern kiekt up't Wader. „Nee." Krause versöcht, 'n Thema tau finnen. „Seggen Se mal, warden hier männigmal ok Wracks an denn' Strand dräben?" - „Nee", seggt de Diern un kiekt em an, „Se sünd dat ierst!"

Ein Kierl erwischt sien Fru mit einen annern Mann in't Bett. He schickt sien Fru vör de Dör un seggt tau denn' Annern: „Pass up - jedein von uns schütt in de Luft. Denn leggen wi uns beid up de Ierd un stellen uns doot. Up weckern se denn tauierst daalstört't un blarrt, de kann ehr hebben." De Fru hürt dat binnen tweimal knallen, rast rin, kiekt, makt denn dat Schapp up un seggt: „Kannst rutkamen, Paul. Beid sünd doot."

*

„Weitst du, Norbert", seggt Klaus, „siet twintig Johr bün ick all niegelich, wo mien Fru sick woll rümdriwwt, wenn ick abends nich dor bün." - „Aha", seggt sien Kumpel, „un nu hest du dat rutkrägen?" Klaus nickt. „Gistern bün ick einfach mal iehrer ut'n Kraug weggahn. Un stell di vör: Dat Aas wier tau Hus!"

*

Bi Kuhlmanns is wedder Ehestriet. „Sall ick di mal wat seggen?", bölkt he, „as ick di heuradt hew, dor möt ick ein Idiot wäst sien!" - „Ja!", giwt se trügg, „äwer ick wier so verleiwt, dat ick dat gor nich markt hew!"

„Hest du all hürt, Susanne, dat sick Manuela von ehren Mann scheiden laten will?"
„Aha?"
„Ja, se hebben nu all Trennung von Disch un Bett."
„Wat denn, äten künn he ok nich?"

*

„Manfred, du kiekst so truurig", seggt Hannes, „Arger mit dien Fru?" Manfred nickt blot. „Un wägen wat?" - „Ach, weitst du", süfzt Manfred, „wi hebben gistern mal so oewer Läben un Dood snackt. Un dor hew ick seggt, ick mücht mal nich von einen Apparat awhängig sien un von jichtensweck Flüssigkeiten, de mi an't Läben hollen." - „Ja", seggt Hannes, „un denn?" Manfred stoehnt. „Dor hett se denn' Fernseher awschalt' un mi dat Bier weggnahmen."

*

Günter giwt up. „Gaud, Hilde, ick will mi nich länger mit di strieden. Ick gäw nah un bün ganz un gor dien Meinung." - „Wat?", röppt sien Fru, „dat künn di so passen! Dat nützt di gor nix! Ick hew mien Meinung nämlich intwischen ännert!"

„Yvonne, weitst du, wat Claudia von di seggt hett? Du harrst Peter blot heuradt, üm an sien Geld tau kamen."
„So'n Quatsch! Üm an sien Geld tau kamen, lat ick mi grad von em scheiden!"
„Hallo? Herr Meier? Hartlichen Glückwunsch! Se hebben in uns Telefonquiz üm Wirtschaft un Politik denn' tweiten Pries gewunnen!"
„Un wat is disse tweite Pries?"
„Se dörben denn' Finanzminister de Hand schütteln!"
„Wat? Nee! Denn' mücht ick väl leiwer in' Nors perren!"
„Dat geiht leider nich. Dat is nämlich de ierste Pries."

*

Up de Straat lopen sick Tom un Susanne oewer'n Wegg. Tom freut sick. „Ach, schön, Susanne, dat wi uns ok mal wedder drapen, wi hebben uns ja lang'n nich seihn." Se nickt. „Ja, dat is woll so an de drei Johr her." Tom denkt nah. „Stimmt! Weitst du noch, dat ick di damals fragt hew, ob du mien Fru warden wisst, un du hest mi 'n Korw gäben?" - „Oh ja, Tom", seggt Susanne, „dat gehürt tau mien schönsten Erinnerungen!"

Hannes sitt an' Tresen. De Kräger makt mit mal direkt vör em ne Seltersbuddel up un bespritzt em dorbi bannig. „Entschülligung, Hannes", seggt de Kräuger. „Ach, dat makt oewerhaupt nix", seggt Hannes, „ick hew ja tau'n Glück nix dorvon in' Mund krägen."

*

Max föllt jede Woch an' Abend up de Knei un bädt': „Leiw Gott, mi geiht dat so leeg, lat mi doch in't Lotto gewinnen." 'n halw Johr lang makt he dat nu all, un as he wedder mal up de Knei liggt un sien Hänn' gen Himmel reckt, dor kümmt von baben mit Mal ne Stimm un de seggt: „Max, giw mi ne Chance. Kööp di 'n Los!"

*

„Verdammi noch mal", bölkt he, „wo hest du all wedder mien Brillenfutteral henleggt!? Ick verlier bi dien Möhlerie noch mienen Verstand!" - „ So?", giwt se trügg, „denn pass man gaud up! So lütte Saken sünd nich so licht weddertaufinnen!"

„Dagg, Gudrun", seggt Marlies, „ick hew hürt, du hest di verlawt?" De winkt aw. „Is all wedder ut." - „Worüm denn?", will ehr Fründin weiten. „Ach weitst du", seggt Gudrun, „de Kierl hett mi fragt, wat ick mi tau Verlawung as Geschenk wünschen dau. Un ick hew em seggt, he möt mi blot düchtig leiw hebben, süss wull ick gor nix. Un nu stell di mal vör: De Swienhund hett mi würklich nix schenkt!"

*

„Peter, wat kiekst du denn so bedrippst?"
„Mien Fru harr mi verspraken, ick kreeg so väl von ehr tau'n Geburtsdagg, dat ick dat.
gor nich up einmal drägen kann."
„Oh! Un wat hest du krägen?"
„Twei Schlipse."

*

Nachts is Krach bi Lehmanns. „Wat denn, nu kümmst du ierst nah Hus?", schriegt se, „ick hew di doch seggt, du dörfst twei Bier drinken un sasst üm teihn hier sien!" - „Oh", seggt he, „dor möt ick woll de beiden Tahlen verwesselt hebben."

„Du, Schatz, ick hew hüt morgen uns Putzfru rutsmäten."
„Oh, worüm denn dat?"
„Se hett klaut!"
„Na sowat äwer ok! So'n Aas! Un wat hett se klaut?"
„Uns schönen Handdäuker ut dat Hilton-Hotel!"

*

Möller hett sick 'n Termin bi'n Chef gäben laten. „Na, wat giwt' denn, Herr Möller?", fröggt de.
„Nu ja", seggt Möller, „ick bün gistern abend in' Düstern dörch denn' Park gahn." De Chef kiekt em grot an.
„Na un?" Möller druckst bäten rüm. „Na ja, dor hew ick wat seihn, wat ick Se unbedingt vertellen möt." - „Aha", seggt de Chef, „un wat wier dat?" Möller böögt sick dichter nah sienen Chef ran. „Seehr Fru bedrüggt uns!"

„Elfriede! Wat is mit mienen Rasierpinsel passiert? De is ja gor nich miehr tau bruken!"
„Dat verstah ick nich. Vörhen wier he noch ganz in Ordnung."
„Wenniehr denn?"
„As ick denn' Koekenstauhl sträken hew."

*

„Herr Ober!", fröggt de Gast, „wat is de Ünnerscheid twischen denn' Swiensbraden tau teihn Euro un denn' tau föffteihn Euro?" - „Dat is so", seggt de Ober, „de düüre lött sick lichter snieden." - „Ah", seggt de Gast, „denn is de woll zarter?" De Ober schüttelt denn' Kopp. „Nee, äwer tau denn' gäben wi 'n scharp Metz dortau."

Nix as Arbeit

„Also, Kolleg Meier", seggt de Büro-Chef, „dor möt'n sick ja gor nich miehr wunnern, wenn de Lüüd Beamtenwitze vertellen! Se sitten hier nahmeddags Klock twei in't Büro un läsen Zeitung! Koenen se mi mal seggen, worüm?" Meier nickt. „Ja, Chef. Ick wull nich twei Stunnen vör'n Fierabend noch 'n nieges Bauk anfangen."

*

De Reporter von uns Radio is de ierst bi denn' Athleten. "Leiw Herr Klotzmann, hartlichen Glückwunsch tau Seehrn Weltrekord! Hammerwerfen is ja nich grad ein Massensport ... Seggen Se doch mal de Hürers von NDR 1 Radio MV, woans Se dortau kamen sünd, un woans Se disse grotorrige Leistung schafft hebben!" - „Ach", seggt de bescheiden, „dat wier eigentlich blot 'n Ratschlagg von mienen Vadder." De Reporter fragt natürlich gliek nah: „So, Seehr Vadder hett Se dortau anrägt? Interessant! Un wat hett he tau Se seggt?" - „Na ja", seggt Klotzmann, „he hett seggt: ‚Jung, mit Arbeit kann man sick dat ganze Läben verdarben. Wenn di ein mal 'n Warktüüch in de Hand drückt, denn smiet dat wegg, so wiet du blot kannst!"

„Mann, Fritz", seggt Korl, „du sühst ja bannig mäud ut." - „Ja", seggt de, „dat is ok kein Wunner, ick slaap ja all de tweit Nacht in' Stall. Uns Kauh sall nämlich kalben, äwer glöwst du, dat Aas deiht dat?" - „Weitst du", seggt Korl, „dat wunnert mi gor nich.Dat ward ok nix."
Fritz kiekt sienen Kumpel an. „Woher wisst du dat denn weiten?" Korl grient.„Na, wenn se di dor liggen süht, denn denkt se doch, se hett all kalwt."

*

„Herr Meier?"
„Ja, Chef?"
„Siet Se in mien Firma sünd, klauen Se, hebben ein Verhältnis mit mien Fru un nu kriggt mien Dochter ok noch 'n Kind von Se. Ick segg Se blot, Meier, rieten Se sick tausamen, bi de nächst Kleinigkeit fleigen Se rut!"

*

„Du, Max hett nu endlich ok de ewige Rauh funnen."
„Wat, he ist storben?"
„Nee, Beamter worden."

„Sett mal dat Klavier aw", seggt de ein Möbelpacker tau denn' annern. „Ick hew ein gaude un ein slichte Nahricht för di." - „Oh Mann!", stoehnt de anner, „segg ierst de gaude." - „Von twölf Etagen hebben wi all acht schafft." - „Un de slichte?" - „Dit is dat verkiehrte Hus."

*

De Chef ritt Meier sien Bürodöör up. „Also, Kolleg Meier, siet drei Stunnen hür ick Se ümmertau fläuten, wenn ick an Seehr Büro vörbei gah. Also, ick künn dat nich - tau glieke Tied arbeiten un fläuten!" Meier grient. „Ick kann dat ok nich, Chef."

*

„So, Fröllein Melanie", seggt de Awtheiker, „nu hew ick Se allens sowiet verklort för de Urlaubsverträdung in uns Awtheik. Warden Se mit allens klor kamen?" Se nickt. „Ick denk woll, Herr Awtheiker. Blot noch ein Fraag. De grote Buddel dor ahn Etikett, wat is denn dor binnen?" He kiekt hen. „Ach so, ja. Dat gäben wi ümmer, wenn wi ein Rezept nich läsen koenen."

„Patrick, hest du eigentlich de Liehrstell bi Schlachter Schuldt krägen?" - „Ja." - „Äwer ick hew hürt, dor wieren ok noch väl anner scharp up." Patrick grient. „Ja, äwer he hett uns all fragt, woväl Gramm ein Kilo hett, un as ick seggt hew 800, dor hett he mi furts nahmen!"

*

„Du, mien Sekretärin hett künnigt."
„Un worüm?"
„Ut Iewersucht. Se hett seihn, dat ick mien Fru küsst hew."

*

„Nu kieken se doch nich gliek so trurig, Fröllein Isolde. Se warden dat Tippen all noch liehren. Dat wier doch äben all wunnerbor, blot twei Fähler."
„Danke, Chef."
„Un dorüm versäuken wi nu gliek mal dat tweite Wurt."

„Susanne, wat stoehnst du blot so?"
„Ach weitst du, Husarbeit is doch würklich Schiet. Man wascht aw, makt de Betten, makt de Wahnung rein ... un nah vierteihn Daag fangt'n wedder von vörn an."

*

Ede fröggt in' Knast sienen niegen Zellengenossen. „Un worüm büst du hier?" - „Ach", seggt de anner, „mien Konkurrenz hett mi inbuchten laten." - „Kiek mal an", seggt Ede, „un wat hest du makt?" De anner süfzt." De glieken Euro-Schiens as de Bundesbank."

*

„Du", seggt Hein, „de Beamten sallen ja nu ok awbuugt warden." Fiete nickt. „Ja, hew ick ok all hürt. Un dorüm giwt dat nu 'n ganz harten Test, wenn ein Beamter warden will." - „Vertell", seggt Hein, „wat möt 'n dor maken?" - „Man möt fief Stunnen ut dat Finster kieken koenen", seggt Fiete. Hein wunnert sick. „Äwer dat is doch nich swor." - „Nu ja", seggt Fiete, „dat allein woll nich. Äwer man dörf dorbi nich marken, dat de Rollos noch ünnen sünd."

„Chef", seggt Petersen, „Se hebben wi verspraken, dat ick miehr Geld krieg, wenn Se mit mi taufräden sünd. Dörf ick Se nu dorüm bidden?" De Chef schüttelt denn' Kopp. „Bidden dörben Se, äwer Se kriegen liekers nich miehr." - „Äwer Chef", seggt Petersen, „gistern ierst hebben Se mi doch seggt, dat Se mit mi taufräden sünd." De Chef nickt. „Ja, äwer hüt bün ick dat nich miehr." Petersen kiekt em verbaast an. „Woso denn nich?" De Chef grient. „Oewerleggen Se doch mal. Woans kann ick mit einen taufräden sien, de miehr Geld hebben will?"

*

„Du, Paul!", röppt Jan, „du büst in Hunn'schiet perrt!" De nickt. „Ja, ick weit." - „Wisst du dat nich awwischen?" Paul schüttelt denn' Kopp. „Nee, mien doemlich Chef halt mi gliek in sienen niegen Mercedes aw."

*

„Meister, Meister, dörf ick denn' Kunden dor rasieren?" „Na ja, mienetwägen. Äwer pass gaud up, dat du di dorbi nich snieden deihst!"

De Kark hett ja hier un dor ok noch Waldbesitz un in so'n Revier will de taustännig Paster eines Daags mal ne Inspektion maken. De Förster führt vörher tau sien beiden Waldarbeiters rut un seggt tau ehr: „Passt up, dat ji uns nich blamiert – Ick kenn denn' Paster, de stellt ümmer giern twei Fragen. De ierst: Wecker wier de Mudder von Jesus? Klor: Maria. De tweit: Wecker wier de Vadder von Jesus? Ok klor: Josef. Markt juch dat, un wenn ji dat nich behollen koent, denn schriewt juch dat up dat Blatt von juch Motorsaag! Dor koent ji heimlich rupkieken. Alles klor?" De geistliche Herr kümmt ok, fröggt würklich nah de Öllern von Jesus un kriggt ok de richtigen Antwurten. Mit mal föllt em äwer noch ne drütte Fraag in: „Seggt mi mal, woans hebben de beiden Sünner heiten, de tausamen mit unsen Herrn Jesus krüzigt worden sünd?" De beiden Holthauger kieken sick an un weiten kein Antwurt. Denn äwer schuult de ein in sein Not noch mal up dat Blatt von sien Saag, un he fangt furts an tau strahlen: „Black un Decker, Herr Paster!"

Rotlicht un Ostwind

Tau DDR-Tieden gahn mal ne Stäknadel un ne Neihnadel tausamen spazieren. Dor seggt de Stäknadel: „Du, kennst du all denn' niegsten Witz oewer Honecker?" - „Pst!", seggt dor de Neihnadel, „nich so luut! Achter uns geiht ne Sicherheitsnadel!"

*

In de Schaul ward fragt, wecker denn woll'n Gedicht upseggen kann. Werner meld't sick un seggt: „Uns're Katz hat Junge, sieben an der Zahl, sechs sind Kommunisten, eins ist liberal."
De Liehrer freut sick. Nah vier Wochen is de Schaulrat tau Besäuk in de Klass, un de Liehrer will nu, dat Werner dat Gedicht noch mal upseggt. Werner leggt ok los: „Uns're Katz hat Junge, sieben an der Zahl, sechs sind jetzt im Westen, eins ist nicht normal."
De Liehrer verfiehrt sick un fragt, worüm Werner dat Gedicht mit mal ganz anners upseggt as vör vier Wochen. „Tschä", seggt Werner, „vör vier Wochen künnen de Katten ja noch nich kieken!"

De Liehrerin makt mit ehr 1. Klass ne lütt Wanderung dörch denn' Park. Mit mal löppt vör ehr 'n Katteiker oewer denn' Wegg. „Na?", seggt de Liehrerin, „wat is dat äben wäst? Wecker weit dat?" De Kinner sünd all ruhig. „Na", seggt de Liehrerin wedder, „dat möt' ji doch weiten! Ick hew juch doch in de letzt Tied so oft wat dorvon vertellt! Oewerleggt doch mal!" Dor meld't sick de lütt Doris, un de Liehrerin freut sick. „Schön, Doris, denn segg uns doch mal, wat wi dor äben seihn hebben!" Doris strahlt un röppt stolz: „Lenin!" Ne öllerhaftig Fru steiht vör de Koophall, kiekt in ehren lerrigen Inkoopsbüdel un seggt: „Wier ick nu all binnen, odder noch nich?"

*

Hein in Hamborg kriegt von sienen Neffen ut Schwerin ne Postkort un dorup steht: „Leiw Unkel Hein, schönen Dank för die Pistolen un de Handgranaten. Ick hew allens schön in Ölpapier wickelt un in' Gorden vergraben." Hein schüttelt denn' Kopp oewer dissen Unsinn un smitt de Kort wegg. Nah acht Daag kriggt he 'n Breif von sienen Neffen, un he läst: „Leiw Unkel Hein, nu kannst du de Tulpenzwiebeln schicken, de du mi verspraken hest. De Stasi hett denn' Gorden ümgraawt."

Genosse Krause kümmt nah Hus un find't sien Fru mit 'n annern Kierl in't Bett. Furts reicht he de Scheidung in. As dat tau dat Verfahren kümmt, spräkt dat Gericht em schuldig. Ut politische Grünn': Wenn de Genosse Krause nich ein Stunn' tau tiedig bi't Parteiliehrjohr awhaugt wier, harr dat gor kein Probleme gäben!

*

Franz löppt sienen Parteisekretär oewer denn' Wegg. „Genosse Möller", seggt de streng, „worüm wierst du nich bi dat letzt Parteiliehrjohr?" - „Oh!", seggt Franz, „dat deiht mi leed! Harr ick wüsst, dat' dat letzt wier, denn wier ick natürlich kamen!"

Weiten Se eigentlich ...

... wat för einen Mann ein Menü mit soeben Gängen is?

- Söss Buddeln Bier un de Bildzeitung.

... woans de drei Eisheiligen heiten?

- Schöller, Mövenpick un Langnese!

... dat ne Ehe hett drei Awschnitte hett?

1. He snackt un se hürt tau.
2. Se snackt un he hürt tau.
3. Beid snacken un de Nahwers hüren tau.

... ob ne Fru twei Männer leiwen kann?

- Leiwen nich, äwer bedreigen.

... wat de Ünnerschied twischen Seehr Firma un denn' Eifelturm is?

- Bi'n Eiffelturm sünd de gröttsten Nieten ünnen.

... wat passiert, wenn de Ostfriesen utstarben?
- Denn sünd wedder de Polizisten de doemlichsten.

... wat de letzten Würd von denn' Weltmeister in't Turmspringen wieren?
- Oh, hüt is dat Wader äwer klor!

... wat för'n Gemeinsamkeit 'n Ehepoor ok bi denn' gröttsten Striet noch hett?
- Se hebben an' sülben Dagg heuradt.

... wat de sworsten vier Johr in't Läben von einen Polizisten sünd?
- De ierste Klass.

... wat man tau ein Fru seggt, de teihn Johr lang ahn Unfall Auto führt is?
- Nu kannst du ok mal denn' tweiten Gang nähmen, Schatz.

... worüm männig Kierls so giern nah disse Frugens mit Lack- un Ledder- un Gummiklamotten gahn?
- De rüken as 'n nieges Auto!

... wat ne würklich gaude Fee is?
- Ein, de sick gliek nah denn' Sex in twei gaude Kumpels un 'n Kasten Bier verwandelt..

... wat mit EU-Vörschriften passiert?
- In Brüssel besluten de de, in Frankreich läsen se de, in Italien lachen se doroewer un in Dütschland richten se sick dornah.

... wat de Ünnerschied twischen sporsam un giezig is?
- Wenn ein Mann sick 'n billigen Mantel köfft, denn is he sporsam. Wenn he sien Fru 'n billigen Mantel köfft, denn is he giezig.

... worüm Frugens in ehr Läben duwwelt so väl snacken as Kierls?
- Wiel se allens tweimal seggen möten, iehrer de Kierls dat kapieren.

... wat männigeinen Mann an sien Fru blot noch reizt?
- Jedein Wurt!

... woans man an de Börse 'n lütt Vermoegen maken kann?
- Man möt 'n grot Vermoegen mitbringen.

... in wat dat Geheimnis för ein glückliche Eh liggt ?
- In fief Würd: „Du hest Recht, mien Schatz".

... wat slimmer is as 'n Elefant in' Porzellanladen?
- 'n Igel in de Kondomfabrik.

... worüm man Politiker nich up BSE testen kann?
- Wiel man dortau ne Prow von Rückgrat un Gehirn brukt.

... worüm de Männer ofteins Bier leiwer hebben as Frugens?
- Bier süht morgens genauso ut as abends.

Plattdeutsch auf NDR 1 Radio MV

Wenn Sie wissen möchten, was der Tag Ihnen bringt: Jeden Morgen gibt's auf NDR 1 Radio MV das plattdeutsche *Horoskop* von W wie Widder bis F wie Fisch.

Plattdeutsche Nachrichten hören Sie immer freitags (18.20 Uhr) und sonntags (6.50 Uhr und 8.20 Uhr) in *De Woch up Platt* auf NDR 1 Radio MV.

Plattdütschen Klönsnack, Musik ut uns Land und Literatur up Platt – all das bringt NDR 1 Radio MV sonnabends in der *Klönkist* (19.05 bis 20.00 Uhr). Und immer am letzten Sonnabend des Monats kommt für alle Plattsnacker die *Plappermoehl* (19.05 bis 20.00 Uhr). Dann empfangen unsere Plappermöller mit norddeutschem Humor ihre Gäste am „Moehlendisch". Für musikalische Unterhaltung sorgen Sänger und Gruppen aus ganz Norddeutschland.
Dat Beste ut de Plappermoehl hören Sie am Donnerstagabend, immer im Wechsel mit dem *Plattdütsch Hürspäl* (21.05 bis 22.00 Uhr).

In *Plattdütsch an'n Sünndag* (6.05 bis 9.00 Uhr) melden sich unsere Moderatoren bei NDR 1 Radio MV up Platt. So gemütlich kann der Feiertag beginnen: Selbst im kleinsten Dorf des Landes sagen wir „Gauden Morgen". Und dort wo am Wochenende etwas los ist, sind unsere plattdütschen Reporter zur Stelle.

Plattdeutsch gehört zum Programm von NDR 1 Radio MV – jeden Tag.

Bereits
erschienen

Die einhundert besten Witze aus 20 Sendejahren der „Plappermoehl“ auf NDR 1 Radio MV finden Sie auf dieser CD. Lachen Sie mit, getreu dem Motto: „Ut'n verklamten Nors kümmt kein fröhlichen Furz“.
Die CD finden Sie überall im Buchhandel und Musikgeschäften, oder Sie ordern online z.B. bei www.tennemann.com .

Eine Auswahl der besten Witze aus dem Mallbüdel in der Sendung Plappermoehl von NDR 1 Radio MV präsentiert auch das erste „Mallbüdel“-Büchlein. Überall im Buchhandel oder online z.B. auf www.tennemann.com .

Über 120 Witze aus der DDR erstmals auf CD - der ganz besondere Rückblick 20 Jahre nach dem Mauerfall. NDR 1 Radio MV und das Nordmagazin hatten die Hörer und Zuschauer aufgerufen, ihre DDR - Lieblingswitze einzusenden. Eine Auswahl davon haben Bärbel Röhl, Ekkehard Hahn, Manfred Brümmer und Wolfram Pilz in einer mitreißenden öffentlichen Veranstaltung erzählt. Diese Hörbuch-CD, überall im Buchhandel oder online z.B. auf www.tennemann.com , bietet den kompletten Mitschnitt zum Weglachen!

Neue frische Klänge up Platt suchten NDR 1 Radio MV und das Nordmagazin beim großen plattdeutschen Wettbewerb „Musik ut uns Land". Ob Country, Rock oder Blues – die Vielfalt der eingereichten Titel war groß, der Wettbewerb ein voller Erfolg. Diese CD vereint die 14 Siegertitel. Den Tonträger finden Sie überall im Buchhandel und Musikgeschäften, oder Sie ordern online z.B. bei www.tennemann.com .

Der singende Plappermöller Manfred Brümmer jetzt endlich mit neuen Liedern auf CD.
Gemeinsam mit Lars-Luis Linek präsentiert er „Kommodig". Eingängige Musik, eingängige Texte up Platt, die ganz modern vom Hier und Heute erzählen.

Überall, wo es Musik gibt oder auch bei www.tennemann.com .

Lachen auf NDR 1 Radio MV, dazu gehört neben der Plappermoehl natürlich auch das Spaßtelefon an jedem Morgen ... Die besten Telefonstreiche gibt es auch auf CD überall im Buchhandel und Musikgeschäften, oder Sie ordern online z.B. bei www.tennemann.com .

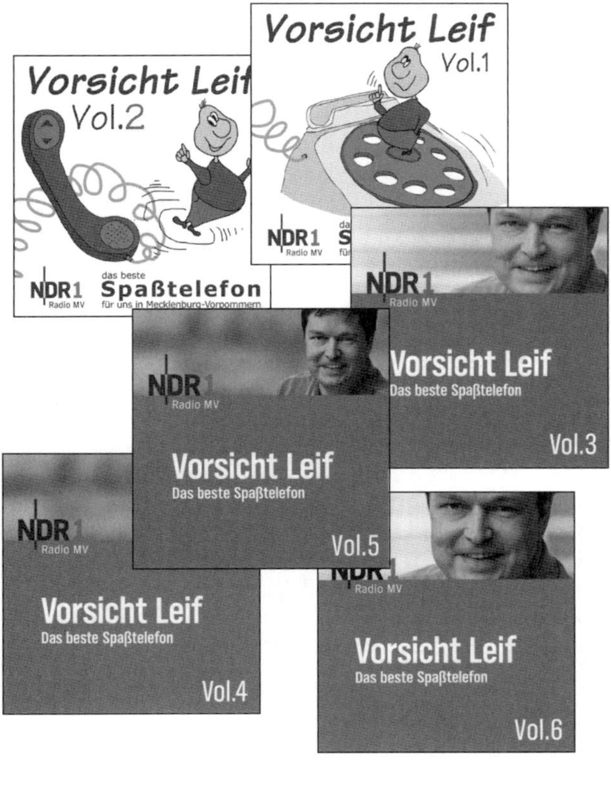

Der Autor:

Manfred Brümmer wurde 1947 in der Reuterstadt Stavenhagen geboren. 1976 erhielt er ein Engagement als Schauspieler an der Fritz-Reuter-Bühne des Mecklenburgischen Staatstheaters Schwerin, wo er bis heute als Dramaturg arbeitet.
Zahlreiche Übersetzungen ins Plattdeutsche, eigene Stücke, Kurzgeschichten, Liedtexte, ein Hörspiel und eine CD mit Liedern up Platt entstanden bisher sowie diverse Serien für „Plattdütsch an'n Sünndag" auf NDR 1 Radio MV.
Dort gehört Manfred Brümmer seit 1997 auch zur Moderatorenrunde der beliebten niederdeutschen Unterhaltungssendung „Plappermoehl". Für sein Wirken wurde Manfred Brümmer 1997 mit dem Johannes-Gillhoff-Preis für norddeutsche Kunst und Kultur ausgezeichnet.

Der Verlag:

Der TENNEMANN Buchverlag gehört zur TENNEMANN media GmbH. Das Schweriner Unternehmen, 1999 gegründet von Leif Tennemann, realisiert u.a. Musik -, Wort - u. Buchproduktionen mit eigenem CD-Label, Musik- und Buchverlag, Editionen, Vertrieb, Download-Service und Online-Shop. TENNEMANN media arbeitet weiterhin erfolgreich als Eventservice und Presseagentur mit eigenen Online-Redaktionsdiensten und Info-Portalen mit den Schwerpunkten Mecklenburg-Vorpommern und Norddeutschland.